AF173490

کیا نزدیک کیا دور

(منتخب افسانے)

مرتبہ:

پین سلپس میگزین

Penslips Magazine

© Taemeer Publications LLC

Kya nazdeek kya door *(Short Stories)*

by: Penslips Magazine

Edition: September '2024

Publisher :

Taemeer Publications LLC (Michigan, USA / Hyderabad, India)

ISBN 978-93-5872-851-4

© تعمیر پبلی کیشنز

کتاب	:	کیا نزدیک کیا دور (افسانے)
مرتب	:	پین سلپس میگزین
پروف ریڈنگ / تدوین	:	مکرم نیاز
صنف	:	فکشن
ناشر	:	تعمیر پبلی کیشنز (حیدرآباد، انڈیا)
سالِ اشاعت	:	۲۰۲۴ء
صفحات	:	۹۶
سرورق ڈیزائن	:	تعمیر ویب ڈیزائن

فہرست

کیا نزدیک کیا دور

خوشونت سنگھ

سر موہن لال نے آئینے میں اپنا چہرہ دیکھا۔ وہ ایک ریلوے اسٹیشن کے فرسٹ کلاس کے ویٹنگ روم میں ٹھہرا ہوا تھا۔ آئینہ واضح طور سے دیسی تھا، کہیں سے چٹا ہوا، کہیں سے پالش اترا ہوا۔ سر موہن لال کو آئینے پر افسوس بھی آیا اور ترس بھی آیا اور پھر اس کی ہنسی نکل گئی۔ تم بھی اس ملک کی ہر ایک چیز کی طرح بیکار بیہودہ اور فضول ہو۔ سر موہن لال آہستہ سے بڑبڑایا۔ آئینہ آئینہ دیکھنے والے پر مسکرایا اور پھر جیسے اس نے کہا، "تم مزے کرتے ہو میرے یار! عزت آبرو قابلیت اور رنگ روپ خدا نے تمہیں سب کچھ دیا ہے۔ کیسے تم مونچھوں کو تاؤ دیتے ہو۔ ولایتی سوٹ کوٹ کے کالر میں پھول، عطر پاؤڈروں اور ولایت، صابنوں کا سہارا لے کر تم خوشبو ہی خوشبو بکھیر رہے ہو۔ ہاں میرے یار! تم مزے کرتے ہو۔"

سر موہن لال نے چھاتی کو اور نکال کر دیکھا۔ ولایتی نکٹائی کو دوبارہ ایک ہاتھ لگا کر محسوس کیا اور پھر کہیں جاکر آئینے کو چھٹی دی۔ سر موہن لال نے اپنی گھڑی کو دیکھا۔ اگر مل جائے تو ایک پیگ مزید وہ چڑھا سکتا تھا۔

"کوئی ہے؟" سفید کپڑے پہنے جالی کے دروازے کے پیچھے سے ایک بیرا آیا۔

"ایک چھوٹا۔" سر موہن لال نے آرڈر دیا اور پھر وہ بید کی گہری کرسی میں دھنس

گیا۔ شراب پیتا رہا اور سوچتا رہا۔ وٹینگ روم کے باہر سر موہن لال کا سامان دیوار کے پاس رکھا پڑا تھا۔ ایک ٹرنک پر پچھی، سر موہن لال کی دھرم پتنی بیٹھی پان چبا رہی تھی۔ وہ پرانے اخبار سے اپنے آپ کو پیچھے کی ہوا دے رہی تھی۔ پچھی قد کی چھوٹی تھی، جسم کی بھاری اور عمر میں تقریبا" چالیس سال کے قریب ہوگی۔ ایک میلی سی سفید دھوتی اس نے باندھی ہوئی تھی۔ میلی سفید دھوتی کا کنارا سرخ تھا۔ ناک میں اس کے لونگ تھا۔ لونگ میں سچا موتی جڑا تھا۔ اس کی کلائیاں سونے کی چوڑیوں سے بھری ہوئی تھیں۔ کتنی ہی دیر سے وہ بیرے کے ساتھ باتیں کر رہی تھی، اور پھر سر موہن لال نے بیرے کو اندر بلا لیا۔ بیرا اندر گیا تو پچھی نے سامنے جاتے ہوئے ایک قلی کو آواز دے دی۔

ارے بھائی زنانہ ڈبہ کہاں پر آتا ہے؟؟

"پلیٹ فارم کے بالکل آخیر پر مائی۔"

"تو پھر مجھے وہاں لے چلو۔"

قلی نے اپنے صافے کا انو بنایا۔ لوہے کے ٹرنک کو سر پر رکھا اور آگے آگے چل دیا۔ شریمتی موہن لال اپنا ناشتہ دان اٹھائے اس کے پیچھے چل دی۔ راستے میں اس نے ایک چھابڑی والے سے پان خرید کر اپنی چاندی کی ڈبیہ بھر لی۔ پلیٹ فارم کے دوسرے سرے پر پہنچ کر وہ دوبارہ ٹرنک پر بیٹھ گئی اور قلی کے ساتھ باتیں کرنے لگی۔

کیا اس لائن پر گاڑیاں بھری ہی آتی ہیں؟"

آج کل تو تمام گاڑیاں ٹھسا ٹھس بھری ہوتی ہیں، مائی! لیکن تمہیں زنانہ ڈبے میں جگہ مل جائے گی۔"

تو پھر میں یہ روٹی کا پھندہ بھی بیچ میں سے نکال دوں۔"

شریمتی موہن لال نے ناشتہ دان کھولا اور اس اس میں سے مڑی تڑی روٹیاں نکال

کر ان پر آم کا اچار رکھ کر کھانے لگی۔ جب وہ روٹی کھا رہی تھی، تو قلی اس کے سامنے ایڑیوں کے بل بیٹھا زمین پر لکیریں کھینچنے لگا۔

کیوں بہن، تم اکیلی ہی جا رہی ہو؟"

کیونکر؟ میرا اسائیں میرے ساتھ ہے بھر لو!! وہ ویٹنگ روم میں ہے۔ وہ تو فرسٹ کلاس میں سفر کرتا ہے۔ وہ تو وزیر ہے اور بلسٹر (بیرسٹر) ہے اور گاڑی میں افسروں اور صاحب لوگوں سے اس نے ملنا ہوتا ہے۔ میں تو اپنی انٹر کلاس کے زنانہ ڈبے میں ہی آتی جاتی ہوں۔"

کچھی خوشی خوشی باتیں کرتی رہی۔ باتیں کرنے کا اس کو شوق بڑا تھا، اور اس کے گھر میں کوئی باتیں کرنے والا نہیں تھا۔ اس کے خاوند کے پاس اس کے لئے فرصت کہاں؟ وہ چوبارے میں رہتی تھی اور اس کا خاوند نیچے۔ خاوند کو اپنی بیوی کے غریب رشتے دار بھی کوٹھی کے آگے پیچھے پھرتے اچھے نہیں لگتے تھے، اس لئے ان کو بھی آنا بند کر دیا گیا تھا۔

آخر سگنل ہوا اور گھنٹی بجی۔ گاڑی آ رہی تھی۔ شریمتی موہن لال نے جلدی جلدی روٹی ختم کی اور اچاری آم کی گٹھلی کو چوستے چوستے اٹھ کھڑی ہوئی۔ نلکے پر ہاتھ دھونے اور کلی کرنے جاتے اس نے زور کا ایک ڈکار مارا۔ ہاتھ منہ دھو کر اس نے اپنی دھوتی کے پلو سے ان کو صاف کیا اور لاکھ لاکھ خدا کا شکر ادا کرتی ہوئی اپنے ٹرنک کے پاس دوبارہ آ کھڑی ہوئی۔

گاڑی آ گئی۔ بالکل کچھی کے سامنے انٹر کلاس کا زنانہ ڈبہ تھا۔ اس کے ساتھ گارڈ کا ڈبہ تھا اور پھر گاڑی ختم ہو جاتی تھی۔ زنانہ ڈبہ خالی تھا، لیکن باقی کی تمام گاڑی جیسے ٹھا ٹھس بھری ہوئی ہو۔ کچھی اپنے آپ کو سنبھالتی سمیٹتی اندر کھڑکی کے پاس ایک سیٹ پر جا بیٹھی۔ دھوتی کی ڈب میں بندھی ایک دونی نکال کر اس کو قلی کو چلتا کیا۔ اور پانوں کی ڈبیہ

میں سے ایک پان کھایا اور کھڑکی پر اپنی کہنی رکھ کر باہر پلیٹ فارم پر رونق دیکھنے لگی۔ اس کے گال پان کے تھوک سے پھولتے جا رہے تھے۔

سر موہن لال جیسے ٹھنڈے مزاج کے آدمی کو گاڑی کے آنے سے کوئی فرق نہ پڑا۔ وہ اپنی وہسکی پیتا رہا۔ صرف بیرے کو اس نے بلا کر کہا، جب سامان رکھا جائے، وہ اس کو بتا دے۔ گھبرانا جلدی کرنا، خاندانی ہونے کی تھوڑی نشانیاں تھیں؟ اور موہن لال ایک مہذب گھرانے سے تھا جو کام بھی کرتے فخر سے حوصلے سے۔ پانچ سال جو اس نے ولایت گزارے تھے۔ انگریزوں کا اٹھنا بیٹھنا اس نے کافی سیکھ لیا تھا۔ دیسی زبان وہ اب کم کم ہی بولتا تھا اور کبھی بولنا پڑے تو یوں بولتا تھا، جیسے کوئی گورا بولتا ہو۔ تھوڑے الفاظ منہ سے نکالتا اور جبڑے نکالتا ان کو منہ ٹیڑھا کر کے بولتا۔ انگریزی بہت اچھی بولتا تھا اور انگریزی بھی وہ جو آکسفورڈ یونیورسٹی میں نکھاری گئی تھی۔ باتیں کرنے کا بڑا شوقین تھا اور کسی بھی پڑھے لکھے انگریز کی طرح ہر موضوع پر بات کر سکتا تھا، چاہے بات کتابوں بابت ہو چاہے سیاست بابت اور چاہے کسی خاص آدمی بابت۔ کئی بار اس نے انگریزوں کے منہ سے بھی سنا تھا کہ اس کی انگریزی بالکل فرنگیوں کی طرح تھی۔

سیر موہن لال کو ڈر تھا کہ کہیں اس کو اکیلے ہی سفر نہ کرنا پڑے۔ لیکن یہ تو ایک چھاؤنی تھی اور یہاں سے ضرور کوئی انگریز افسر سوار ہو رہا ہو گا۔ اس خیال سے کہ کوئی باتیں کرنے والا اچھا ساتھ ملے گا اس کا دل خوش ہو گیا۔ باقی دیسیوں کی طرح کسی انگریز کے ساتھ باتیں کرنے کے لئے کبھی جلد بازی نہیں کرتا تھا اور نہ ہی وہ طویل بحثوں میں پڑتا تھا۔ نہ ہی فضول ضدیں پکڑ کر بیٹھ جاتا تھا۔ اپنے کام کو ہمیشہ وہ ٹھنڈے مزاج سے کرتا۔ ہمیشہ وہ کوئی انگریزی اخبار لے کر ایک طرف بیٹھ جاتا۔ ہمیشہ ہی وہ اخباروں کو اس طرح بند کرتا کہ اخبار کا نام دوسرے کو دکھائی دیتا رہے۔ انگریزی اخبار اکثر انگریزی

لوگ پڑھنے کے لئے مانگ لیتے، یا پھر کئی لوگوں کو اس کی ولایتی نکٹائی سے اس کے کالج کا علم ہو ہو۔ جاتا۔ پھر ولایت کی یونیورسٹیوں، وہاں کے اساتذہ وہاں کی لائبریریوں، گھاس کے میدانوں کا ذکر چھڑ جاتا۔ اور اگر نہ کوئی اس کی نکٹائی کا خیال کرتا اور نہ کوئی اس کے انگریزی اخبار کی پرواہ کرتا تو سر موہن لال کوئی ہے" کہہ کر بیرے سے وہسکی منگوا لیتا۔ وہسکی کا انگریزی ساتھیوں پر ضرور اثر پڑ جاتا اور فوراً دوستی بن جاتی۔ اور پھر سر موہن لال اپنے سونے کے سگریٹ کیس میں سے غیر ملکی سگریٹ نکالتا۔

ہندوستان میں غیر ملکی سگریٹ! یہ اس نے کہاں سے خریدنے تھے؟ اور پھر اپنے ساتھیوں کو وہ اپنے سگریٹ پینے کے لئے دیتا اور یہ دوستی مزید پختہ ہو جاتی۔ پھر وہ انگریزوں کے ساتھ اپنے پیارے ولایت کی باتیں شروع کر دیتا۔ وہ پانچ سال! قسم قسم کے سوٹ پہننے، انگریزی کھیل کھیلنے، لڑکوں کے ساتھ لڑکیوں کے ساتھ انگریزی دعوتیں اڑائیں، اور پھر انگریزی طوائفوں کے بازار کی سیریں۔ ان پانچ سالوں کی شاندار رنگین زندگی۔ ان پانچ سالوں کی زندگی سے بندہ ستالیس سال کی زندگی وار دے۔ یہ دیسی زندگی! اس زندگی کی گندگی کمینگی جہالت۔ یہ زندگی کچھی کے ساتھ گزارنا پڑتی تھی۔ کچھی جس کے منہ سے ہمیشہ پیاز کی بو آتی رہتی۔

سر موہن لال ان ہی سوچوں میں ڈوبا ہوا تھا کہ بیرے نے آ کر اس کو بتایا کہ اس کا سامان انجن کے ساتھ والے فرسٹ کلاس ڈبے میں لا کر رکھ دیا گیا تھا۔ سر موہن لال آرام سے اپنے ڈبے میں جا بیٹھا۔ یہ دیکھ کر اس کو افسوس ہوا کہ ڈبہ خالی تھا۔ آخر اس نے ٹھنڈا سانس لیتے ہوئے وہی انگریزی اخبار، جس کو وہ کئی دفعہ پڑھ چکا تھا، نکال لیا اور سر موہن لال باہر پلیٹ فارم پر دیکھنے لگا۔ سامنے دو گورے فوجیوں کو جگہ کی تلاش میں تیز تیز چلتے دیکھ کر اس کا چہرہ کھل کھل اٹھا۔ گوروں نے تھیلے کندھوں پر لٹکائے ہوئے تھے،

اور شراب کی مدہوشی میں ان کے قدم لڑکھڑا رہے تھے۔ سر موہن لال نے سوچا ان کو وہ اپنے ڈبے میں بٹھا لے گا۔ چاہے اس طرح کے فوجیوں کے پاس ٹکٹ سیکنڈ کلاس کے ہی ہوتے ہیں، اس نے سوچا وہ گارڈ کو سمجھا دے گا۔ آخر کار ایک گورا اس ڈبے کے قریب آیا اور شیشے میں سے اندر دیکھتے ہوئے اس نے اپنے ساتھی کو آواز دے کر بلا لیا۔

گورے ڈبے میں داخل ہوئے، انہوں نے سر موہن لال کو دیکھا اور پھر آنکھوں ہی آنکھوں میں انہوں نے فیصلہ کیا کہ اس کالے آدمی کو باہر نکال دینا چاہئے۔ پھر ان میں سے ایک آنکھیں نکالتا ہوا سر موہن لال پر برس پڑا" جانتا۔۔۔ فوج ریزرو"

وہ تو ڈبہ فوجیوں کے لئے ریزرو تھا۔ اس ڈبے میں کوئی داخل نہیں ہو سکتا تھا۔ وہ کس طرح اس میں سوار ہو گیا تھا۔ سر موہن لال آکسفورڈ یونیورسٹی کے لہجے میں ان سے انگریزی میں بات کرنے لگا۔ فوجی تھوڑا سا حیران ہوئے۔ یہ تو انگریزی بولتا تھا۔ لیکن پھر انہوں نے نشے میں دھت دماغ کو کچھ سمجھ نہ آئی۔ اتنے میں گارڈ نے سبز جھنڈی ہلائی۔ گوروں نے کوئی حیل وحجت نہ کی نہ دلیل، سر موہن لال کا سامان اٹھا کر باہر پھینکنا شروع کر دیا۔ پہلے سوٹ کیس، پھر تھرموس بوتل، پھر بستر اور پھر انگریزی اخبار سر موہن لال غصے میں آگ بگولا ہو گیا تھا۔ انگریزی میں وہ ان کو برا بھلا کہنے لگا۔ گارڈ کو کہہ کر ان کو قید کروانے کی دھمکیاں دینے لگا۔ گورے ایک لمحہ کے لئے پھر حیران ہوئے۔ وہ تو واقعی انگریزی بولتا تھا۔ لیکن پھر ایک نے سر موہن لال کے منہ پر گھونسہ کھینچ مارا اور دوسرے نے دھکا مارتے ہوئے اس کو چلتی گاڑی سے باہر پھینک دیا۔ سر موہن لال جھک کر اپنے بستر پر جا پڑا۔

سر موہن لال کے منہ میں جیسے زبان نہیں تھی۔ وہ قریب سے گزر رہی گاڑی کی جل رہی بتیوں کو گھور رہا تھا۔ آخر اس نے سرخ بتی والا آخری ڈبہ دیکھا جس میں سبز

جھنڈی اٹھائے گارڈ کھڑا تھا۔

گارڈ کے ڈبے سے پہلے زنانہ انٹر کے ڈبے میں کچھی تھی۔ کھا کھا کر موٹی ہوئی بھی۔ اس کے ناک کے لونگ کا موتی اسٹیشن کی بتیوں سے لٹک رہا تھا۔ اس کا منہ پان کی پیک سے بھرا ہوا تھا، جو وہ کتنی دیر سے جمع کر رہی تھی کہ گاڑی روانہ ہو گی تو وہ تھوکے گی۔ پلیٹ فارم کی روشنیاں ختم ہوئیں، تو شریتی موہن لال نے پچکاری چھوڑی جو تیر کی طرح ہوا میں اڑتی چلی گئی۔

* * *

میرا نام مَیں ہے

بلراج مینرا

میرے قدم یکایک رک گئے اور میری نظروں کے سامنے۔۔۔۔ اور میں نے دیکھا کہ۔۔۔ کہ ایک نیا۔۔۔ کہ ایک اجنبی۔۔۔۔۔۔ کہ۔۔۔ کہ۔۔۔

اجنبی زمین، اجنبی آسمان، سب کچھ اجنبی۔۔۔

دل کی دھڑکن، اجنبی، تاحدِ نظر بکھرے ہوئے رنگ اجنبی۔۔۔۔۔

پھول اجنبی اور بے نام؛ پیڑ بے نام اور اجنبی۔۔۔

آسمان صاف شفاف، دھلا ہوا، نیلا، گہرا اور اونچا، دور بہت دور، راکھ کی رنگت سی پہاڑی پر جھکا ہوا

پہاڑی، راکھ سا رنگ، جن، بھوت پریت سا انگ، سوئی ہوئی، محوِ خواب، زمین پر دراز زمین، تاحد نظر، نظروں کے ہر زاویے کی حد میں، ان گنت رنگوں کے ملبوس میں، سبز لکیریں، پیلے دائرے، گلابی تکونیں، کالے، لال، سفید، بینگنی نقطے ـــ پوجا کے رنگ

ہوا، دھیمے دھیمے بہتی ہوئی سیٹاں بجاتی۔ باس، ناآشنا، سرور انگیز

پھول، پیڑ اور پودے، حیراں۔

تنہائی، پریشاں

اداسی، لرزاں۔

کھوئی ہوئی پگڈنڈیاں، بھولے بھٹکے راستے۔

دھوپ پیلی اور مدھم۔

میں وہ دنیا دیکھا کیا، دیکھا کیا۔۔۔جگ بیت گئے۔

اور پھر میں نے قدم اٹھائے اور دھیمے دھیمے پگڈنڈیاں روندتے، راستے ناپتا صدیوں بعد پہاڑی کے دامن میں پہنچا۔ یکایک میرے قدم رک گئے اور میں نے دیکھا۔۔۔۔

میں نے پہاڑی کے دامن میں، جھکے ہوئے آسمان کے نیچے، میں نے اک

میں نے اک لاش دیکھی۔

گول پتھر کا تکیہ، پتھریلی سطح کا بستر، ہوا کی چادر۔

نرم، سوکھے، گھنے اور چاندی کی چند تاریں لیے سیاہ بال، ہوا کے پنکھے سے لرزاں۔

چوڑی، اجلی شکنوں سے بے نیاز پیشانی

تیکھی بھویں، پلکوں کے پردوں سے ڈھکی ہوئی آنکھیں۔

چہرے کی سطح سے کچھ ابھری ہوئی ناک

گالوں کی ہڈیاں، گندمی رنگت کے گوشت کی موٹی تہ، سے ڈھکی چھپی۔

ہونٹ قدرے پھیلے ہوئے، مقناطیسی مسکراہٹ سمیٹے ہوئے۔

محبتوں، حسرتوں کا درپن۔ جانے کتنی صدیاں میں وہ درپن دیکھا کیا۔

میرے خدوخال میری نظروں کے سامنے واضح ہو گئے

میں ہانپتا کانپتا پہاڑی کی جیل پہاڑی کی چوٹی پر پہنچا اور پھر چند ہی لمحوں میں دوسری جانب نیچے اتر گیا۔

درمیان میں پہاڑی تھی۔ میں اس طرف بھی تھا اور اس طرف بھی۔ اس طرف دور، چند جھونپڑیاں تھیں۔

میرے قدم بچی کچھی قوتیں سمیٹ کر تیزی سے بڑھنے لگے۔

گھاس پھونس کی اک ننگی سی جھونپڑی میری دنیا ہے اور سمے ؟؟

اب کہ اتنا سمے بیتے گیا ہے سمے کہ دن مہینے، سال اور صدیاں جسے سمیٹ نہیں سکتیں۔ اب بھی میرے ذہن میں جھکڑ چل رہے ہیں، آوازوں کے جھکڑ۔

تم نہ جانے کس دکھی آتما کا شراپ ہو کہ تمہارا وجود زہر ہے کہ آپ سے آپ رگ وپے میں سرایت کر جاتا ہے۔ جانے کتنے خوبصورت لوگ تمہاری قربت کے زہر سے (اپنے ہاتھوں) مارے گئے۔

پہلے جییت اور موہن گئے کہ انھیں دنیا حقیر دکھائی دیتی تھی اور کیوں نہ حقیر دکھائی دے کہ تم کہتے ہو اس دنیا میں ذہانت کی کوئی جگہ نہیں۔ جیت اور موہن دغا کھا گے۔ پھر ارجن دیو گیا کہ تم نے اسے کہا تھا "ارجن دیو، اس پہاڑی پر یہ وکٹری ٹاور کیوں تعمیر کیا گیا ہے اس لیے کہ اس ٹاور سے ایک چھلانگ اور من کی شانتی نصیب۔ اور پھر باری آئی پگلے امر کی بیچارہ اپنی محبوبہ کو دو دو ہزار الفاظ کا ٹیلی گرام دیا کرتا اور جواب سے محروم رہتا تھا اور تم نے اسے کہا تھا کہ جواب پانا ہے تو موت کی سرحد سے ٹیلی گرام دو اور دھن راج! تم نے اس نازک اور کمزور لمحے میں اسے کہا تھا کہ ڈبل ڈیکر اس لیے سڑکوں پر دوڑتی ہے کہ کودنے کے لیے قطب نہ جانا پڑے۔

اور ترلوچن۔۔۔۔۔۔ سنگدل محبوبہ کو رام کرنے کے لیے محبوبہ کے سامنے زہر پھانکنا پڑتا ہے اور ترلوچن کی موت پر تم نے کہا تھا کہ میرے دوستوں نے عجیب گورھ دھندا اپنا رکھا ہے کہ آئے دن خودکشی کرتے رہتے ہیں اور تم خوش ہو رہے تھے کہ۔۔۔

اور میں نے تمہیں کہا تھا کہ نہ جانے تم کس دکھی آتما کا شراپ ہو۔

اس شراپ کو ٹال دو، اب تمہاری باری ہے، تمہاری اپنی۔

آوازوں کے جھگڑ اتنے شدید ہیں کہ میرے درخشاں خدوخال مٹی مٹی ہو گئے ہیں۔۔۔ دکھی آتما کا شراپ میں نے اپنی ذات تک محدود کر لیا ہے

میں کی مندرجہ بالا تحریر پیش کرنے کے بعد اب ایک روزنامے سے خبر نقل کر رہا ہوں:

دھول پور میں خودکشی

(نامہ نگار)

دھول پور: ۸ دسمبر کل یہاں ایک جھونپڑی میں ایک انجان آدمی مردہ پایا گیا۔ پوسٹ مارٹم رپورٹ کے مطابق موت کی وجہ بھوک ہے۔ کہا جاتا ہے کہ اس شخص کے پیٹ میں گزشتہ بیس دن سے چاول کا ایک دانہ تک نہیں پہنچا جھونپڑی میں پانچ ہزار روپے کی کرنسی نوٹ پھلوں کی ٹوکریاں؛ دودھ کی پانچ بوتلیں اور کئی تنوری پراٹھے ملے خوردونوش کا سارا سامان گل سڑ چکا تھا آس پاس کے گاؤں میں اس خودکشی کا بہت چرچہ ہے

اس خبر کے پندرہ دن بعد یہاں کے ایک پندرہ روز پرچے میں سیاہ چوکھٹے میں جڑا ہوا ایک مختصر سا ماتمی نوٹ چھپا؛ جو یوں ہے:

مرحوم میں یہاں کے ان ٹیلی جنشیا میں ممتاز تھے۔ آپ کو کریم آف ناردن انڈیا کہا جاتا تھا میں کی زندگی چند دوستوں اور کتابوں پر مشتمل تھی۔ گزشتہ تین سالوں میں ان کے تمام دوستوں نے یکے بعد دیگرے خودکشی کی۔ آخری دوست کی خودکشی کے بعد میں لاپتہ ہو گئے اور یہاں کافی ہاؤس اور پریس کلب میں ان کی گمشدگی بات چیت کا موضوع بن گئی۔

دھول پور سے جو خبریں موصول ہوئی ہیں، ان سے صاف ظاہر ہے میں َصاحب نے بھی اپنے دوستوں کی طرح خودکشی کی۔ انھوں نے گھما گھی کی دنیا سے بہت دور، گھاس پھونس کی جھونپڑی کا انتخاب کیا۔ جھونپڑی میں دنیاوی عیش وآرام کا سامان مہیا کیا: پانچ ہزار روپے، پھلوں کی دو ٹوکریاں، دودھ کی پانچ بوتلیں اور تنوری پراٹھے۔ اور ان سب چیزوں کی موجودگی میں بھوکے پیٹ موت کے لیے تپسیا شروع کر دی اور آخر سات دسمبر کو ان کا تپ سماپت ہوا۔

میں کو مرنا تھا، میں مر گیا۔ بات صرف اتنی سی ہے۔۔۔

***

پردہ

یش پال

چودھری پیر بخش کے دادا چونگی کے محکمے میں داروغہ تھے۔ آمدن اچھی تھی۔ انہوں نے ایک چھوٹا لیکن پکا مکان بھی بنا لیا تھا۔ لڑکوں کو بھی تعلیم دلوائی۔ دونوں، لڑکے انٹرنس پاس کرکے ریلوے کے محکمے اور ڈاک خانے میں بابو ہوگئے۔ چودھری صاحب کی زندگی میں ہی دونوں کی شادی ہوئی اور بال بچے بھی ہوئے۔ لیکن عہدے میں کوئی خاص ترقی نہ ہوئی، وہی تیس اور چالیس روپے ماہ وار کا درجہ رہا۔ چودھری صاحب اکثر اپنے زمانے کو یاد کرکے کہتے:

وہ بھی کیا وقت تھا کہ لوگ مڈل پاس کرکے ڈپٹی کلکٹری کرتے تھے اور آج کی تعلیم ہے کہ انٹرنس تک انگریزی پڑھنے کے باوجود لڑکے تیس چالیس سے آگے نہیں بڑھ پاتے۔

اپنے بیٹوں کو اونچے عہدوں پر دیکھنے کا ارمان دل میں لیے ہوئے ہی انہوں نے آنکھیں موند لیں۔ چودھری خاندان اپنے مکان کو حویلی کہہ کر پکارتا تھا۔ نام بڑا دینے کے باوجود جگہ تنگ ہی رہی۔ داروغہ صاحب کے زمانے میں زنان خانہ اندر تھا اور باہر بیٹھک میں وہ موڑھے پر بیٹھے حقہ گڑگڑایا کرتے۔ لیکن ان کے بعد جگہ کی تنگی کی وجہ سے بیٹھک بھی زنانے میں شامل ہوگئی اور گھر کی ڈیوڑھی پر پردہ لٹک گیا۔ بیٹھک نہ ہونے

کے باوجود بھی چونکہ گھر کی عزت کا خیال تھا اسی لیے پردہ بوری کے ٹاٹ کا نہیں بلکہ اعلیٰ قسم کا رہتا۔ چودھری پیر بخش نے بھی کم تعلیم حاصل کی اور جلد ہی ان کا بیاہ ہو گیا۔ اللہ کے کرم سے بیوی کی گود بھی جلد بھر گئی۔ پیر بخش نے خاندان کی عزت کے خیال سے روزگار کے طور پر تیل کی مل میں منشی گیری کی ملازمت حاصل کرلی۔ ان کی تعلیم زیادہ نہیں تو کیا ہوا۔۔۔؟ سفید پوش خاندان کی عزت کا پاس تو انہیں تھا۔

مزدوری اور دستکاری ان کے شایان شان نہیں تھی۔ مل کے گودام میں چوکی پر بیٹھتے۔ صرف قلم دوات کا کام تھا۔ بیس روپے ماہ وار اور زیادہ نہیں ہوتا۔ اسی لیے چودھری پیر بخش کو ایک کچی بستی میں دو روپے کرائے پر مکان لینا پڑا۔ آس پاس غریب لوگوں کی بستی تھی۔ گلی کے درمیان میں دیوار کے ساتھ لگے کمیٹی کے نل سے پانی کی کالی دھار ٹپکتی رہتی تھی۔ اس وجہ سے نالی کے کنارے گھاس اگ آئی تھی اور اس کے اوپر مچھروں اور مکھیوں کے بادل امڈتے رہتے۔ سامنے رمضانی دھوبی کا گھاٹ تھا جس میں سے دھواں اور کپڑوں کا گند امڈتا رہتا۔ دائیں طرف ناگرہ جوتا بنانے والے موچیوں کے گھر تھے اور بائیں طرف ورک شاپ میں کام کرنے والے قلی رہتے تھے۔

پوری بستی میں صرف چودھری پیر بخش ہی پڑھے لکھے اور سفید پوش تھے۔ صرف ان ہی کے گھر کے دروازے پر پردہ لٹکا ہوا تھا۔ سب لوگ انہیں چودھری جی، منشی جی کہہ کر سلام کرتے تھے۔ کبھی کسی نے ان کے گھر کی عورتوں کو گلی میں نہیں دیکھا تھا۔ گھر میں اولاد تھی تو وہ بھی ماشاء اللہ زیادہ لڑکیاں۔۔۔ بچیاں چار پانچ برس کی عمر تک کسی نہ کسی کام کے سلسلے میں باہر نکل آتیں لیکن پھر گھر کی آبرو کے خیال سے باہر نکلنا مناسب نہ سمجھتیں۔ چودھری پیر بخش خود ہی صبح و شام کمیٹی کے نل سے مسکراتے ہوئے گھڑے بھر لاتے۔

پندرہ برس میں چودھری صاحب کی تنخواہ بیس سے پینتیس روپے ہو گئی۔ ان کے یہاں خدا کی برکت ہوئی بھی تو روپے پیسے کی شکل میں نہیں بلکہ اولاد کی صورت میں اور وہ بھی پندرہ برس میں پانچ بچے۔ پہلے تین لڑکیاں بعد میں دو لڑکے۔ دوسری لڑکی کے وقت پیر بخش کی والدہ مدد کے لیے آگئیں۔ والد صاحب کا تو انتقال ہو چکا تھا۔ کوئی دوسرا بھائی بھی والدہ کی فکر میں نہیں آیا اس لیے وہ چھوٹے بیٹے کے ہاں ہی رہنے لگیں۔

جہاں گھر بار اور بال بچے ہوتے ہیں وہاں سو طرح کے جھنجھٹ بھی ہوتے ہیں۔ کبھی بچے کو تکلیف ہے تو کبھی ماں کو۔ ایسے وقت میں قرض کی ضرورت کیسے نہ ہو، گھر بار ہو تو قرض بھی ہو گا۔ مل کی نوکری کا تو قاعدہ پکا ہوتا ہے ہر مہینے کی سات تاریخ کو گن کر تنخواہ مل جاتی ہے اور پیشگی سے مالک کو چڑ تھی کبھی انتہائی ضرورت پڑنے پر ہی مہربانی کرتے تھے۔ چودھری صاحب ضرورت کے وقت گھر کی کوئی چھوٹی موٹی چیز گروی رکھ کر ادھار لے آتے تھے۔ گروی رکھنے میں روپے کے آٹھ آنے ملتے اور بیاج ملا کر سولہ آنے ہو جاتے پھر وہ چیز کبھی گھر واپس نہ آتی۔

محلے میں چودھری پیر بخش کی بہت عزت تھی اور اس عزت کی وجہ تھی گھر کے دروازے پر لٹکا ہوا پردہ۔ اندر جو بھی ہو پردہ سلامت رہتا۔ اگر کبھی بچوں کی کھینچا تانی یا ہوا کے بے درد جھونکوں سے اس میں چھید ہو جاتے تو پردے کی آڑ سے ہاتھ سوئی دھاگہ لے کر اس کی مرمت کر دیتے۔

دنوں کا کھیل دیکھیے کہ مکان کے بیرونی کواڑ گلتے گلتے بالکل ہی گل گئے۔ کئی مرتبہ کَسے جانے سے پیچ بھی ٹوٹ گئے اور سوراخ ڈھیلے پڑ گئے۔ مالک مکان سورج پانڈے کو اس کی فکر نہیں تھی۔ کبھی اگرچہ چودھری صاحب جا کر کہتے تو آگے سے جواب ملتا کون سی بڑی رقم تھما دیتے ہو۔۔۔؟ دو روپے کرایہ اور وہ بھی چھ چھ مہینے کا

بقایا۔ جانتے ہو لکڑی کا کیا بھاؤ ہے۔۔۔؟ نہ رہو مکان میں، چھوڑ جاؤ۔

آخر کار کواڑ گر ہی گئے۔ رات کو تو چودھری صاحب جیسے تیسے انہیں چوکھٹ سے لٹکا دیتے لیکن رات بھر دہشت رہتی کہ اگر کوئی چور آجائے۔ سفید پوشی اور محلے میں عزت کے باوجود بھی گھر میں چور کے لیے کچھ نہ تھا۔ شاید چور کو لے جانے کے لیے ایک بھی ثابت کپڑا یا برتن نہ ملتا۔ لیکن چور تو پھر چور ہے چھیننے کے لیے کچھ بھی نہ ہو تو بھی چور کا ڈر ہوتا ہے وہ چور جو ٹھہرا، لیکن انہیں چور سے زیادہ گھر کی آبرو کی فکر تھی۔ کواڑ نہ رہنے پر گھر کی آبرو کا رکھوالا صرف پردہ ہی تھا آخر کار وہ پردہ بھی تار تار ہوتے ایک رات آندھی آنے پر بالکل لٹکنے کے لائق نہ رہا۔ صبح سویرے گھر کی اکلوتی خاندانی دری دروازے پر لٹک گئی جب محلے والوں نے دیکھا تو چودھری صاحب کو مشورہ دیا

ارے چودھری صاحب اس زمانے میں یوں ایسی دری کا ہے خراب کروگے۔۔۔؟ بازار سے ٹاٹ کا ٹکڑا لاکر لٹکا دو۔

کیا ہے۔۔۔؟ ہونے دو! ہمارے ہاں پکی حویلی میں بھی ڈیوڑھی پر دری ہی کا پردہ رہتا تھا۔" وہ ہنس کر جواب دیتے۔

مہنگائی کے اس دور میں گھر کی پانچوں عورتوں کے جسم کے کپڑے بھی خستہ ہو کر یوں گر رہے تھے جیسے پیڑ اپنی چھال تبدیل کرتے ہیں۔ لیکن چودھری صاحب کی آمدنی سے دن میں ایک مرتبہ پیٹ بھر سکنے کے علاوہ کپڑوں کی گنجائش کہاں رہتی تھی۔ خود انہیں بھی تو نوکری کے لے جانا ہوتا تھا۔ ان کے پاجامے میں جب اور پیوند سنبھالنے کی تاب نہ رہتی وان کے لیے مارکین (کپڑے کا نام) کا نیا کرتا پاجامہ خریدنا ضروری ہو جاتا تو وہ لاچار ہو جاتے۔

جب گھر میں گروی رکھنے کے لیے کچھ نہ ہو تو غریب کا اکیلا سہارا ہوتا ہے، پنجابی

خاں۔۔۔!وہ بھی رہنے کی جگہ دیکھ کر ہی پیسے ادھار دیتا ہے۔ دس ماہ پہلے گودوالے بیٹے "برکت" کی پیدائش کے وقت جب پیر بخش کو پیسوں کی ضرورت پڑی تھی اور کہیں سے بھی ملنے کا وسیلہ نہ بنا تو انہوں نے پنجابی خان "ببر علی خان" سے چار روپے ادھار لیے تھے۔ ستیوا کے اس کچے محلے میں ببر علی خان کا روزگار خوب چلتا تھا۔ موچی، ورک شاپ کے مزدور اور کبھی کبھی رمضانی دھوبی سبھی ببر میاں سے قرض لیتے رہتے تھے۔ چودھری پیر بخش نے اکثر دیکھا تھا کہ قرض اور سود کی قسط نہ ملنے پر ببر علی اپنے دو ہاتھ کے ڈنڈے سے ان لوگوں کے گھر کا دروازہ پیٹ رہا ہوتا تھا اور کئی مرتبہ تو انہوں نے خود بھی ان لوگوں کے درمیان بیچ بچاؤ کرایا تھا۔

چودھری صاحب، خان کو شیطان سمجھتے تھے لیکن جب لاچار ہو گئے تو پھر اسی سے مدد لینی پڑی۔ انہوں نے چار آنہ روپیہ ماہانہ پر چار روپے قرض لیا۔ ببر علی نے صرف خاندانی اور مسلمان بھائی کا خیال کر کے ایک روپیہ ماہ وار کی قسط مان لی اور آٹھ مہینے میں قرض ادا ہونا طے پایا۔

چودھری صاحب کے رونگٹے اسی بات پر کھڑے ہو جاتے۔ جب وہ خیال کرتے کہ اگر خان کی قسط ادا نہ ہو سکی تو وہ ان کے گھر کے دروازے کو بھی اسی طرح پیٹے گا۔ اسی وجہ سے وہ سات مہینے تک بھوکوں رہ کر بھی کسی نہ کسی طرح قسط ادا کرتے رہے لیکن جب ساون میں برسات شروع ہوئی اور باجرہ بھی تین سیر ایک روپے کا ملنے لگا تو چودھری صاحب کے لیے قسط دینا ممکن نہ رہا۔

سات تاریخ کی شام کو خان آیا تو چودھری پیر بخش نے اس کی ڈاڑھی چھو کر اور اللہ کی قسم کھا کر خوشامدی لہجے میں ایک مہینے کی مہلت مانگی اور اگلے مہینے ایک کا سوا دینے کا وعدہ کیا۔ اس طرح خان ٹل گیا۔

لیکن بھادوں میں اور بھی پریشان کن حالت ہو گئی۔ بچوں کی ماں کی طبیعت روز بروز گرتی جا رہی تھی۔ کھایا پیا اس کے پیٹ میں نہ ٹھہرتا۔ ہاضمہ کے لیے اسے گیہوں کی روٹی دینا ضروری ہو گیا۔ گیہوں بھی روپے کا اڑھائی سیر مشکل سے ملتا تھا اور پھر بیمار کا دل تو کبھی پیاز کے ٹکڑے یا دھینے کی خوشبو کے لیے بھی مچل جاتا ہے اور کبھی کالا نمک اجوائن اور سونف کی ہی ضرورت پڑ جاتی ہے تو کوئی چیز بھی پیسے سے کم نہیں ملتی۔ اب تو بازار میں ان چیزوں کا نام ہی رہ گیا ہے۔ بات بات پر اَنّی (ایک آنہ) نکل جاتی ہے۔ چودھری صاحب کو تو دو روپے الاؤنس بھی ملتا تھا لیکن پیشگی لیتے لیتے تنخواہ والے دن صرف چار روپے ہی حساب میں باقی۔ رہتے۔ اب پچھلے ہفتے سے بچے قریباً فاقے سے تھے۔

چودھری صاحب گلی سے کبھی دو روپے کی چولائی خرید لاتے اور کبھی باجرہ ابال کر سبھی کٹورا بھر بھر کر پی لیتے۔ یہی وجہ ہے کہ چار روپوں میں سے بھی خان کو سوا روپیہ دینے کی ہمت چودھری صاحب میں نہ ہوئی۔ اس لیے مل سے گھر لوٹتے ہوئے وہ منڈی کی طرف نکل گئے اور دو گھنٹے بعد جب سوچا کہ خان ٹل گیا ہوگا تو اناج کی گٹھڑی لے کر گھر پہنچے۔ لیکن اب خان کے خوف سے دل ڈر رہا تھا۔ دوسری طرف چار بھوکے بچوں، ان کی ماں، جو دودھ نہ اترنے کے سبب سوکھ کر کانٹا ہو رہی تھی وہ اور گود کا بچہ اور چلنے پھرنے سے لاچار بوڑھی ماں۔ ان سب کی بھوک سے بلکتی صورتیں جب آنکھوں کے سامنے ناچتیں تو وہ دھڑکتے دل کے ساتھ کہتے:

مولا سب دیکھ رہا ہے وہ ضرور رحمت کرے گا۔

سات تاریخ کی شام گزر گئی اور آٹھ کی صبح سویرے خان اپنا ڈنڈا ہاتھ میں لیے چودھری صاحب کے مل پر جانے سے پہلے ہی دروازے پر آ پہنچا۔

چودھری صاحب نے رات بھر سوچ سوچ کر خان کے لیے جواب تیار کیا کہ مل

کے مالک لالہ جی چار روز کے لیے باہر گئے ہیں۔ ان کے دستخط کے بغیر کسی کو بھی تنخواہ نہیں مل سکتی۔ تنخواہ ملتے ہی وہ سوا روپیہ ادا کر دے گا۔ معقول وجہ بتانے پر بھی خان بہت دیر تک غراتا رہا۔

ایسے روپیہ چھوڑنے کے واسطے تو ام اپنا وطن چھوڑ کر پر دیس میں نہیں پڑا، امارا بھی بال بچہ ہے۔ چار روز میں روپیہ نہیں دے گا تو ام تمارا ۔۔۔۔!

لیکن پانچویں روز بھی روپیہ کہاں سے آتا ۔۔۔۔؟ تنخواہ ملے ہوئے تو ابھی ہفتہ ہی گزرا تھا اور مالک نے بھی پیشگی دینے سے انکار کر دیا تھا۔ مل میں چھٹی ہونے کے باوجود چودھری صاحب، خان کے ڈر سے صبح ہی نکل گئے۔ اپنی جان پہچان کے کئی آدمیوں کے پاس گئے: ارے بھئی اگر تمہارے پاس بیس آنے یا روپیہ ہو تو ایک روز کے لیے ذرا دینا۔ ایسے ہی ضرورت آپڑی ہے۔

ادھر ادھر کی بات چیت کے بعد وہ ان سے کہتے: میاں اس زمانے میں پیسے کہاں ۔۔۔۔ پیسے کا تو مول کوڑی بھی نہیں رہ گیا ہاتھ میں آنے سے پہلے ہی ادھار میں تمام اٹھ جاتا ہے۔ جواب ملتا۔

اسی طرح دو پہر ہو گئی۔ "اگر خان آیا بھی ہو گا تو اس وقت تک بیٹھا نہیں رہا ہو گا۔" چودھری صاحب نے سوچا اور گھر کی طرف چل دیے۔ گھر پہنچنے پر معلوم ہوا کہ خان آیا تھا اور گھنٹہ بھر دروازے پر لٹکی دری کے پر دے کو پکڑے گالیاں دیتا رہا اور پر دے کی اوٹ سے بڑی بی کے قسم کھا کر یقین دلانے پر کہ چودھری صاحب روپیہ لینے باہر گئے ہیں۔ خان گالیاں دیتا رہا اور کہا:

نہیں بد ذات چور اندر ہی چھپا ہے۔ ام چار گھنٹے میں پھر آتا ہے اور روپیہ لے کر جائے گا۔ اگر وہ روپیہ نہیں دے گا تو اس کی کھال اتار کر بازار میں بیچ دے گا ۔۔۔۔۔ امارہ

روپیہ ارام کا ہے کیا۔۔۔؟

اور پھر چار گھنٹے سے پہلے ہی خان کی آواز سنائی دی:

"چودھری"

پیر بخش کے جسم میں بجلی سی تڑپ گئی۔ اس کے ہاتھ پیر سن اور گلا خشک ہو گیا۔ خان نے پردے کو پکڑ کر گالی دی اور چودھری کو دوبارہ پکارا۔ چودھری صاحب کا جسم بالکل بے جان ہو گیا اور وہ اٹھ کر باہر آ گئے۔

"پیسہ نہیں دینے کے واسطے چھپتا ہے۔"

خان آگ بگولا ہو رہا تھا۔ خان کے منہ سے مسلسل پیر بخش کے آباؤ اجداد کے لیے گالیاں نکل رہی تھیں۔ اس بھیانک صورتحال کی وجہ سے پیر بخش کا خاندانی لہو بھڑکنے کے بجائے اور بے جان ہو گیا۔ وہ خان کے گھٹنوں کو چھو کر اپنی حالت بتا کر معافی کے لیے درخواست کرنے لگے۔ لیکن خان اور زیادہ بھڑک اٹھا۔ اس کی گرج دار آواز سے پڑوسی، موچی اور مزدور بھی چودھری کے دروازے کے سامنے اکٹھے ہو گئے۔

پیسہ نہیں دینا تھا لیا کیوں۔۔۔؟ تمہارا تنخواہ کدھر جاتا ہے، ارامی امارہ پیسہ مارے گا۔ ام تمارا کھال کھینچ لے گا۔ اگر پیسہ نہیں تو پھر گھر کے دروازے پر پردہ لٹکا کر کیوں شریف زادہ بنتا ہے۔۔۔؟ تو چاہے ام کو بی بی کا گینا دو، برتن دو کچھ بھی دو ام ایسے واپس نہیں جائے گا۔" خان نے غصے سے ڈنڈا لہرا کر کہا۔

پیر بخش نے بے بسی اور لاچاری سے دونوں ہاتھ اٹھا کر خان کو دعا دی اور قسم کھائی کہ ایک پیسہ بھی گھر میں نہیں ہے اور نہ ہی کپڑا۔ خان چاہے تو بے شک اس کی کھال اتار کر بیچ دے۔

ام تمارا دعا کا کیا کرے گا۔۔۔؟ ام تمہارا کھال کا کیا کرے گا۔ اس کا تو جوتی بھی

نہیں بنے گا اور تمہارا کھال سے تو یہ ٹاٹ اچھا ہے۔

خان نے آگ بگولہ ہو کر کہا اور ڈیوڑھی پر لٹکا دری کا پردہ جھٹک لیا۔ ڈیوڑھی سے پردہ ہٹتے ہی چودھری صاحب کے جیسے جیون کی ڈور ٹوٹ گئی۔ وہ ڈگمگا کر زمین پر گر پڑے۔ کیونکہ اگلا منظر دیکھنے کی تاب چودھری صاحب میں نہ تھی۔ لیکن ارد گرد کھڑی بھیڑ نے دیکھا کہ پردے کے دوسری طرف گھر کی عورتیں اور بچیاں پردہ گرتے ہی لوگوں کی دہشت اور خوف سے کانپتی ہوئیں ایک دوسرے کے ساتھ چمٹ گئیں۔ ان کے جسم پر باقی بچے چیتھڑے ان کے ایک تہائی اعضا ڈھکنے میں بھی ناکام تھے۔ بھیڑ نے نفرت اور شرم سے آنکھیں پھیر لیں۔ اس ننگے پن کی جھلک سے خان کی سختی بھی پگھل گئی:

"لاحول واللہ۔۔۔۔"

غلاظت سے تھوک کر پردے کو واپس آنگن میں پھینک کر، غصے بھری نظروں سے چودھری صاحب کو دیکھ کر خان نے کہا اور ناکام لوٹ گیا۔ خوف سے چلاتی، اوٹ میں چھپی ہوئی عورتوں پر رحم کھاتے ہوئے بھیڑ چھٹ گئی۔ چودھری صاحب ابھی بھی بے سدھ تھے۔ جب انہیں ہوش آیا تو دیکھا کہ ڈیوڑھی کا پردہ آنگن میں پڑا تھا۔ لیکن اب اسے دوبارہ لٹکانے کی ہمت ان میں نہ تھی اور شاید اب اس کی ضرورت بھی نہ رہی تھی۔ کیونکہ پردہ جس عزت کا سہارا تھا وہ مر چکی تھی۔

***

آخری کہانی

شائستہ تبسم

وہ ایک بہت اچھی لکھاری تھی۔۔ اُسکی کتاب کے مارکیٹ میں آنے سے پہلے ہی بکنگ ہو جاتی تھی

---اُسکے مداح اُسکی کتاب کے کم خوبصورتی کے زیادہ دیوانے تھے

---اُسکے چاہنے والوں میں تمام عمر کے لوگ تھے وہ حسین تھی اور اُسے اِس بات کا ادراک بھی تھا۔۔۔ وہ شادی شدہ تھی اور کئی بار کچھ مجنوؤں کی دیوانگی کی وجہ سے اُسے گھر میں بہت کچھ بھگتنا پڑتا تھا۔۔۔ وہ حسین تھی اس میں اُسکا کیا دوش؟؟ نہ سر سے کبھی دوپٹہ ڈھلکا۔۔۔۔۔۔۔۔۔۔ نہ زباں سے یا قلم سے کبھی کوئی ایسی خطا سرزد ہوئی کہ انگلیاں اُٹھیں۔۔ حُسن خاموش رہے تو لبھاتا تو ہے ہی لیکن۔۔ وہ جب بولتی تھی تو اُسکے دیوانوں کے دلوں میں لگی آگ۔۔۔ کچھ اور ہوا ہو جاتی۔۔۔۔ اُسکا حُسن۔۔۔ اداس تھا

----جب وہ بولتی۔۔۔ الفاظ ہمیشہ اُسکے لہجے سے چُغلی کھاتے۔۔۔ مگر دیکھنے والی نگاہوں کو نظر آیا تو ہمشہ۔۔اُسکے رسیلے ہونٹ۔۔شرابی۔۔ڈولتی۔۔ نشیلی آنکھیں۔۔۔ اُسکی کھنکھناتی ہنسی جس سے کتنوں کے دل سینے سے نکل کر ہاتھ میں آ جاتے۔۔۔۔۔ پیار کرنے والوں کے لیئے اُسکی کتابوں میں لکھے الفاظ پیار کے اظہار کا ذریعہ بنتے۔۔۔ کیسے لکھ لیتی ہیں آپ ایسا؟ بالکل حقیقت کے جیسا؟؟ آپکی کتابوں کی ہر

کہانی سے لگتا ہے کہ یہ آپکی ہی زندگی کی کوئی کہانی ہو گی۔۔۔یہ سوال ہمیشہ ہی اُس سے پوچھا جاتا۔اور وہ صرف مُسکرا دیتی۔۔

انہی دنوں اُسکا ایک آخری ناول مارکیٹ میں آیا۔۔"آخری کہانی"

آخری ناول کیوں؟؟

ایک ہجوم ٹُوٹ پڑا۔۔۔

آخری کیوں؟؟

لکھنا چھوڑ رہی ہیں کیا؟؟

کیوں؟؟

اُسکے مداح یہ جاننے کے لیے بے چین ہو گئے۔۔۔

باقی سب لکھاریوں کو لگا یہ مشہور ہونے کے چونچلے ہیں۔۔

مگر اُسے شہرت سے کیا شغف تھا؟

ناول کے بعد کچھ دن سناٹا رہا۔۔اور ایک دن ایک ادبی محفل سے بُلاوا آیا۔اُس نے سب سرگرمیاں ترک کر دی تھیں۔۔مگر ایک بہت قریب کے جاننے والوں کے بے حد اصرار پر جانے کی حامی بھر لی

۔۔۔محفل میں اُسکے آتے ہی سبھی کی آنکھیں چمک اُٹھیں۔۔مگر وہ اِس چمک کو خوب پہچانتی تھی

۔۔۔اُسکا چہرہ یونہی سپاٹ رہا۔۔۔ایک دو بار اُسے خیال آیا کہ اُسے یہاں نہیں آنا چاہیے تھا۔۔مگر اب کیا ہو سکتا تھا۔۔۔محفل کا آغاز ہو چکا تھا۔۔سب اپنا کلام پڑھ رہے تھے۔۔۔اسکی بھی باری آ گئی۔۔۔وہ دوپٹہ ٹھیک کرتی سنبھل کے قدم اٹھاتی ڈائیس پہ پہنچی اس سے پہلے کہ کچھ بولتی ایک صحافی نے مائیک اٹھا کہ زرا سخت لہجے میں پہلے ہی

سوال داغ دیا۔۔ آپ سے کچھ پوچھنا ہے۔۔۔۔۔جی۔۔جی پوچھئیے۔۔۔اگرچہ اسے صحافی کا یوں اسکے بولنے سے پہلے ہی سوال کرنا پسند نہیں آیا۔ مگر وہ برداشت کر گئی ۔۔ آپ ایک مشرقی عورت ہیں۔۔اور آج تک آپکی رومانوی کتابیں بڑے شوق سے پڑھی جاتی رہی ہیں مگر اس آخری کتاب میں آپ نے جو بیہودگی برپا کی ہے کیا آپکو اندازہ بھی ہے کہ آپ اس نسل کو کیا بے ہودہ پیغام دینا چاہ رہی ہیں؟۔۔۔پُورے ہال میں سناٹا چھا گیا۔۔۔وہ سوال سُن کر دھک سے رہ گئی۔۔۔۔جی؟؟؟میں سمجھی نہیں؟کیا بات بے ہودہ لگی آپکو؟؟

ٹھہریں میں پڑھ کہ بتاتا ہوں۔۔۔۔۔ صفحہ نمبر دس لائین نمبر۔۔۔

رُکیں۔۔۔ ٹھہریں۔۔۔میں خود پڑھتی ہوں۔۔۔غصے سے اس کے جسم کا سارا خون اُسکے چہرے پہ آگیا۔۔ مگر اُس نے خود کو سنبھالا۔۔۔

صفحہ نمبر دس۔۔۔۔وہ کیسے یہ الفاظ بھول سکتی تھی۔۔

اُس نے کتاب کھولی اور زندگی کے اوراق پلٹنے لگی۔۔۔۔

"صبح کے چار بج رہے تھے۔۔۔وہ ساری رات نہیں سو سکی تھی۔۔۔اسکا شوہر اپنی پیاس بجھانے کے بعد سگریٹ پہ سگریٹ پھونکے جا رہا تھا۔۔۔اُس نے اپنا چہرہ ذرا موڑ کر اُس کی طرف دیکھا۔۔ جس کو خدا نے اسکا ساتھی چُنا تھا۔۔

۔۔۔۔ یہ تو وہ چہرہ نہیں تھا جس کی باتیں وہ کتابوں میں کرتی تھی۔۔۔نہ اُسکے سینے میں وہ دل تھا۔۔ جس کی رومان پرور دھڑکنوں کے قصے اُس نے اپنی کہانوں میں لکھے تھے۔۔۔وہ جب سے گھر آیا تھا مسلسل یا تو سگریٹ پی رہا تھا یا فون پہ مصروف تھا۔۔اُس نے ایک دوبار اُس سے بات کرنے کی کوشش کی تھی۔۔ مگر آگے سے ہوں ہاں میں بھی جواب نہیں ملا۔۔۔۔اُس نے چہرہ دوسری طرف موڑ کیا۔۔۔

ایک آنسو اُسکی انکھ سے بہہ نکلا۔۔نہ چاہتے ہوئے بھی اُسکے منہ سے سسکی کی آواز نکل گئی

۔۔۔کیا بکواس ہے۔۔۔۔اسنے جونہی اسکی سسکی آواز سُنی۔۔سگریٹ ایش ٹرے میں زور سے رگڑ ڈالا۔۔۔حقارت سے اسکی طرف دیکھا اور کمبل اوپر کھینچ کر کروٹ لے کر سو گیا۔۔۔اُس نے اپنے ہونٹوں پہ زور سے ہاتھ رکھ لیا کہ کہیں اُسکی سسکی پھر نہ نکل جائے۔۔۔اور پھر۔۔۔یونہی آنکھیں بند کیئے وہ اپنی خیالی دنیا میں پہنچ گئی۔۔۔جہاں وہ تھی اور اسکی تخلیق کردہ اپنی دنیا۔۔جہاں صرف محبت ہی محبت تھی۔سُنیں۔۔۔ہمم؟؟۔کل جانا ضروری ہے کیا؟؟اُس نے اداسی سے اُسکے سینے کے بالوں سے کھیلتے ہوئے پوچھا۔۔۔۔ہاں جانا ضروری ہے۔۔۔اچھا یہ بتاؤ تم نے کچھ اور لکھا

۔۔۔ہاں نا لکھانا۔۔۔آپکے بارے میں

۔۔۔اُس نے شرارت سے اُسکی طرف دیکھا۔۔اچھا؟کیا لکھا؟؟اور ہولے سے اُسے اور قریب کر کے اسکے ماتھے پہ ایک بوسہ دیتے ہوئے سرگوشی کی۔۔۔کیا کیا لکھتی رہتی ہو میرے بارے میں؟؟وہ سب کچھ جیسا میں چاہتی ہوں۔۔۔ہمم۔۔۔ تو یہ بات ہے۔۔سُنو۔۔اُس نے اسکی اداس آنکھوں میں جھانکتے ہوئے پوچھا

۔۔۔۔۔۔تم ہر وقت اتنی اداس کیوں رہتی ہو؟؟وہ جواب نہیں دے سکی۔۔۔وہ تو شکر ہُوا کہ بالوں کی ایک لٹ چہرے پہ آگئی اور اُسکی نم آنکھیں چُھپ گئیں۔۔۔۔مگر وہ بھی بلا کا تیز تھا۔ہولے سے اسکے بالوں کو پیچھے ہٹا کر بولا کیا تم میرے ساتھ خوش نہیں ہو؟ہوں نا۔۔کیوں نہیں۔۔۔خوش ہوں۔۔۔بہت خوش۔۔۔۔مگر آپ۔۔۔

حقیقت نہیں ہیں۔۔۔۔ آپکا وجود میری آنکھ کھُلتے ہی ختم ہو جائے گا۔۔۔۔۔۔۔۔ میرا آپکا ساتھ۔۔۔۔ صرف خیالی ہے۔۔"

وہ یہاں پہ آ کہ رُک گئی۔۔۔

اس میں کیا بے ہودگی ہے۔۔ بتایئے مجھے ؟؟ مجھ سے پوچھ رہی ہو کہ کیا بے ہودگی ہے ؟۔۔۔ اپنے شوہر کے پہلو میں لیٹ کر کسی اور کے بارے میں سوچتی ہو اور پوچھتی ہو کہ کیا بے ہودگی ہے ؟

۔۔۔بے شرم عورت۔۔ تم زنا پہ اُکسا رہی ہو لوگوں کو بی بی۔۔ شرم آنی چاہیے تمھیں۔۔۔۔ زنا؟؟ آپ ہوش میں تو ہیں محترم ؟ آپ کیسے مجھ پہ اتنا بھیانک الزام لگا سکتے ہیں۔۔۔ ارے چُپ کر۔۔ تمھارے جیسی عورتیں ہمارے معاشرے کے لیے بربادی ہیں۔۔۔ تم جیسیاں ہماری بہنوں بیٹیوں کو سیدھے راستے سے بھٹکاتی ہیں۔۔۔ اسکو کس نے بلایا ہے یہاں ؟؟۔۔ پورے ہال میں ایک شور برپا ہو گیا۔۔۔ پہلے تو چند لوگ تھے اب اسکے خلاف بولنے والوں کی تعداد زیادہ ہونے لگی تھی وہی جو پہلے اُسکو دیکھ دیکھ کہ آہیں بھر رہے تھے اب فتوے لگانے لگے۔۔ خطرے کے پیشِ نظر انتظامیہ نے فوری کاروائی کر کے اسکو پچھلے گیٹ سے نکالا۔۔۔۔ ڈرائیور گاڑی لے کہ فوراً پہنچ گیا۔۔ گاڑی میں بیٹھ کہ وہ محفوظ تو ہو گئی مگر کانوں میں گونجتی آوازوں کے شور سے اُسکا دم گھُٹنے لگا۔۔۔۔ پہلے دم گھٹتا تھا تو وہ لکھتی تھی۔۔۔ آج کے بعد وہ کیا کرے گی۔۔۔۔۔۔ آج کے بعد تو وہ خیالوں میں بھی ڈر جائے گی۔۔۔ کسی نے خیالوں پہ بھی فتویٰ لگا دیا تو پھر ؟؟۔۔۔

***

ساتواں منطقہ

ڈاکٹر کوثر جمال

ابھی کچھ دیر پہلے وہ یہیں میرے پاس تھی۔

شام اولین رات کے گلے میں باہیں ڈالے کب سے ہمیں دیکھ رہی تھی۔

بڑھتے اندھیرے نے مجھے کچھ یاد دلایا۔

"روشنی کر دوں؟" میں نے پوچھا۔

"ہاں کر دو!" اس نے کہا۔

میں نے اٹھ کر شمع جلائی

"روشنی کچھ بڑھا دو!"

میں نے دوسری شمع جلائی۔

"سب شمعیں جلا دو، سارے بلب، سب فانوس!" اس نے ایک بار پھر کہا۔

اب ہم آمنے سامنے کے صوفوں پر تیز روشنی کی پھوار تلے بیٹھے ہیں۔ میں اس کی

نگاہوں کے حصار میں قید ہوں۔

"کیا دیکھ رہی ہو؟"

"فاصلہ۔"

"کیا ہمارے بیچ فاصلہ آگیا؟" میں پوچھتا ہوں۔

وہ تو ہمیشہ سے ہے۔ اس وقت بھی تھا جب ہم ایک تھے اور ایک نہیں تھے .....
اور اب بھی ہے جب ہم ایک نہیں ہیں اور ایک ہیں"۔

"تم ہمیشہ کی طرح اب بھی مکالمہ بول رہی ہو۔"

"کیا مکالموں میں سچ نہیں ہوتا؟"

"کیا فاصلہ ہی سچ ہے؟"

ہاں ..... فاصلہ ہی سچ ہے ..... مہربان سچ ..... اسی نے تو ہماری محبت کو بچا
لیا ..... یہ نہ ہوتا تو ہماری محبت ایک بندھن کی قبر میں گل سڑ جاتی (یہ کہتے کہتے اس کی
آنکھوں کے تالاب بھر گئے)۔ .....فاصلہ نہ ہوتا تو جانے آج ہم ایک دوسرے کے لیے
کیا ہوتے۔ شائد ہمیں ایک دوسرے سے وہ ان گنت شکائتیں ہوتیں جو شوہروں کو
بیویوں اور بیویوں کو شوہروں سے ہو جاتی ہیں۔ میں تمھاری ہو جاتی تو شائد تم میرے ہو کر
بھی میرے نہ رہتے۔ میں تمھارے گھر میں ہر وقت نظر آنے والی، حواس کی گرفت میں
آ جانے والی، ہر دوسری عورت جیسی ایک عام سی عورت ہو کے رہ جاتی۔

اور اب؟" میں پوچھتا ہوں۔

"اب میں تمھارے حواس کے ساتویں منطقے میں رہتی ہوں۔"

(بس اپنی انہی باتوں میں وہ میری ہر عورت سے الگ ہے!)

"کیا ہم رشتوں ناتوں کی اس جیتی جاگتی دنیا میں ایک ساتھ نہیں رہ سکتے تھے؟"

"شائد نہیں۔"

آخر کیوں نہیں؟" میں سوال کرتا ہوں۔

اسی دنیا نے تو ہمارے لیے ساتواں منطقہ چنا۔ میں پانچویں عورت تھی اور مجھے پہلی
چار عورتوں نے اپنی دنیا سے نکال باہر کیا۔

" یہ پہلی چار عورتیں کون تھیں؟"

"ماں، بہن، بیوی، بیٹی۔۔۔۔ جیتی جاگتی دنیا پر راج کرتی عورتیں۔"

"اور تم؟۔"

"میں پریمیکا ہوں۔۔۔۔ پانچویں عورت۔"

"اور میں کون ہوں؟"

"تم جانتے ہی ہو۔ بچوں جیسے سوال کیوں پوچھ رہے ہو؟"

پھر میں کسی فسوں میں گم اسی کے الفاظ دہرانے لگتا ہوں

میں پریمی ہوں۔۔۔۔ پانچواں مرد۔۔۔۔ اور مجھے پہلے چار مردوں۔۔۔۔ باپ،

بھائی، شوہر اور بیٹے نے اپنی دنیا سے نکال باہر کیا۔

وہ چاروں عورتیں میرے اندر تھیں۔"اس نے کہا

وہ چاروں مرد میرے اندر تھے۔" یہ میں نے کہا۔

اس کے لبوں پر تبسم ہے۔ میری آنکھوں میں مسکراہٹ۔ وہ مسکراتے ہوئے اتنی

حسین کیوں ہو جاتی ہے۔ مجھے اس پر بے ساختہ پیار آگیا ہے۔ میں اٹھ کر اسے بانہوں میں

بھینچ لینا چاہتا ہوں، مگر یہ بھول گیا ہوں کہ وہ میرے حواس کے ساتویں منطقے میں رہتی

ہے۔

اب تیز روشنی کی پھوار نے مجھے تھکا دیا ہے۔ میں اس سے پوچھتا ہوں:"روشنی کم کر

دوں؟

"ہاں کر دو!"

میں کچھ شمعیں بجھا کر اپنی پسندیدہ غزلوں کی سی ڈی لگاتا ہوں۔ مغنیہ نے شاعر کے

لفظوں میں اپنا دل رکھ دیا ہے۔

اے جذبۂ دل گر میں چاہوں ہر چیز مقابل آ جائے

ہم دونوں ایک دوسرے کے مقابل بیٹھے ہیں

"تم بھی تو کچھ باتیں کرو۔ جب سے آئی ہوں میں ہی بول رہی ہوں"

"میں چاہتا ہوں تم بولتی رہو۔ تمھاری باتوں سے جی کو قرار سا آ جاتا ہے۔"

"اب کیا بولوں؟"

"بس میرے ایک سوال کا جواب دے دو، سیدھا اور صحیح جواب۔"

"ہاں پوچھو"

"کیا تمھیں مجھ سے کبھی محبت تھی؟"

"اُفّ، تم ہر بار یہی سوال پوچھتے ہو۔ بھلا یہ بھی کوئی پوچھنے کی بات ہے"

"تم بات کو ہمیشہ کی طرح گھما رہی ہو۔ مجھے ہاں یا نہ میں جواب دو"

"ہاں۔۔۔۔ تھی۔"

کب؟" میں ایک بار پھر کسی بچے کی طرح تجرید کو مجسم ہوتے دیکھنا چاہتا ہوں۔

ذرا یاد کرنے دو۔۔۔ ہاں۔۔۔ جب میری محبت نے تمھیں پہلا فون کیا تھا۔۔۔۔" وہ مسکرائی۔

"اور۔۔۔۔؟"

جب میں تنِ تنہا تم سے ملنے تمھارے شہر چلی آئی تھی۔ اس رات پندرھویں کے چاند نے میرے ساتھ ساتھ سفر کیا تھا۔۔۔ اس رات بس دو ہی تھے جو جاگ رہے تھے، ایک میں اور ایک چاند۔"

"اور۔۔۔۔؟"

"جب ہم نے کوئنز گارڈن میں سہ پہر کو شام کیا تھا۔ ایک ساتھ باتیں کر کے۔"

"اور۔۔۔۔۔؟"

"جب میں نے تمھیں پہلا خط لکھا تھا اور جواب میں تم نے ایک شعر لکھ بھیجا تھا:

سکونِ دل کو ضروری ہے لمس کی لذت

کہانیوں میں کہیں زندگی نہیں ملتی

"۔۔۔۔۔ مرد ہو نا، لمس کی گھمن گھیریوں میں رہتے ہو!۔"

میرے دل میں ایک خاموش احتجاج اٹھا۔ (تم عورتیں کتنی جھوٹی ہو۔ خواہش کی آندھیوں کو بغل میں چھپائے پھرتی ہو۔ لمس کی پہلی آنچ پر پگھل کے بوند بوند ہو جاتی ہو۔۔۔۔ مگر پھر بھی۔۔۔۔۔)"کچھ کہا تم نے؟"اُس کی متبسم آنکھوں نے پوچھا۔

اور مجھے ہمیشہ کی طرح یہ وہم ہوا کہ وہ میرے ذہن میں گھومتے خیال کو پکڑ کر مسکرائی ہے۔

کیا اب بھی تمھیں مجھ سے محبت ہے؟" میں گمان کے بھنور میں غوطے کھا رہا ہوں۔

"ہے کیوں نہیں۔ جتنی میں ہوں اتنی ہی وہ بھی ہے۔"

"کون؟"

کیا تم بھول گئے کہ تم نے کیا پوچھا تھا؟"۔۔۔۔ اس کی نگاہوں میں شرارت اتر آئی۔۔۔۔"تم مجھ سے اتنے سوال کیوں پوچھ رہے ہو؟"

تمھیں جان جو نہیں سکا۔ تم سراپا راز ہو۔ کبھی کبھی ایسا لگتا ہے کہ تم نے جان بوجھ کر خود کو پہیلی بنا لیا ہے۔ شائد یہی وہ میدان ہے جہاں عورت بازی لے جاتی ہے۔۔۔۔۔ عورت جب تک جسم ہے تو کتنی آسان ہے، ذہن بنتی ہے تو اتنی مشکل کیوں ہو جاتی ہے۔

عورت کو کون جان سکا ہے؟ اور وہ بھی پانچویں عورت۔" یہ کہتے کہتے اس نے اپنی

نگاہوں کا رخ مجھ سے ہٹا کر کمرے کی بیرونی دیوار کی طرف کر لیا۔ جیسے دیوار سے پرے کچھ دیکھ رہی ہو۔

خاموشی دبے قدموں آئی اور ہمارے بیچ بیٹھ گئی۔ موسیقی تھم چکی تھی۔

آج کی رات یہیں ٹھیر جاؤ۔ گھر میں میرے سوا اور کوئی نہیں ہے۔" مجھے اس کے جانے کا دھڑکا سا لگا ہوا ہے۔

"کاش ایسا ہو سکتا۔ میرا چھوٹا بیٹا میری راہ دیکھتا ہو گا۔"

کبھی کبھی تم مجھے صاحباں لگتی ہو۔ جس نے اپنے بھائیوں کو بچانے کی کوشش میں مرزا کو مروا دیا تھا۔

میں نے تو تمھیں واپس زندگی کی طرف بھیج دیا۔ تمھاری بیوی ہے، بچے ہیں، نوکری رشتے ناطے۔۔۔۔۔۔ میں نے تو اپنی اور تمھاری محبت کو بچانے کے لیے"۔۔۔۔۔

یہ کہتے کہتے آواز اس کے گلے میں گھٹ گئی اور آنکھیں آنسوؤں سے بھر گئیں۔ عورت کی نم آنکھوں میں اتنا حسن کہاں سے آ جاتا ہے۔ میرا بے اختیار جی چاہا کہ اس کے آنسوؤں کو ہونٹوں سے چن لوں اور میں بھول گیا کہ۔۔۔۔

اچھا چھوڑو اس ذکر کو۔" وہ اشک آلود آنکھوں سے ہنس دی۔۔۔۔ "تم بھی تو مجھے بتاؤ نا! وہ لمحے وہ گھڑیاں جب تم نے مجھے چاہا تھا"۔

اوہ وہ لمحے۔۔۔۔ وہ بے انت، بے شمار لمحے۔۔۔۔ "یادوں کی حرارت میرے خون میں دوڑنے لگی۔

وہ شام جب جھیل کے کناروں پر جھکی گھاس میں اندھیرا چپکے چپکے اتر رہا تھا۔ جھیل کے پانی پر ڈوبتا سورج زعفران کی بارش کر چکا تھا۔ پھر اچانک تیز ہوا چلنے لگی تھی۔ یکدم

اندھیرا بڑھ گیا تھا۔ عناصر کتنے جوش میں تھے۔ بادل کی گرج، بجلی کی کڑک، ہوا کا شور، بارش کا زور، جھیل کے پانی میں طغیانی اور ان سب سے زیادہ میرے اندر کا طلاطم۔ اس لمحے مجھے اپنی محبت کا احساس ہوا تھا۔ وہ تم تھیں، ہاں وہ تم تھیں مجھے طوفان سے آشنا کرنے والی"۔۔۔۔

"اور۔۔۔۔؟"

اور جب ہم بے سبب گاڑی میں گھومتے ہوئے ان دیکھے راستوں پر جانکلتے تھے۔ ہم چاہا کرتے تھے کہ راہیں انجانی ہوں اور چہرے ناشناسا۔ گلیاں، سڑکیں اور راستے کٹتے جاتے تھے مگر سفر جاری رہتا تھا اور تم کہا کرتی تھیں۔"۔۔۔

'یہ اجنبی راہیں مجھے بہت اچھی لگتی ہیں۔ جانے اگلے موڑ پہ کیا ہو جائے۔ اس سڑک کی حد سے پرے کون سا اسرار گھات لگائے بیٹھا ہو۔ رومان تمھاری نس نس میں تھا۔ اور اس سمے تم مجھے بس اپنے جیسی لگا کرتیں۔ میری عورت"۔

ہاں، پریم کا ایک ہی رنگ ہوتا ہے۔" پھر اس نے کچھ توقف کے بعد کہا: "تمھیں ان دنوں کی بہت سی باتیں یاد ہیں۔ میرا خیال تھا مرد کی یادداشت ایسی باتوں کے لیے کمزور ہوتی ہے"۔

وہ دن،۔۔۔۔ وہ سارے دن، مجھے تم سے زیادہ یاد ہیں۔ میں نے کسی سرور میں ڈوبی آواز میں کہا۔

"مثلاً؟"

مثلاً۔ وہ دن جب ہم اَنجلی کے گھر میں تھے اور وہ کہیں گئی ہوئی تھی۔ تب ہم نے کچن میں مل کر کھانا بنایا تھا اور جب میں چائے کی پہلے سے گندی پیالیاں دھو رہا تھا تو تم نے کہا تھا: "مرد اگر عورت کا کام بانٹ لے تو پھر عورت کو کوئی کام بھی مشکل نہیں لگتا۔ جینا

آسان اور بھلا لگنے لگتا ہے"۔

اور تم نے کہا تھا:۔۔۔۔۔،" وہ یاد سے یاد ملاتے ہوئے بولی، "مردوں کو تو وہ عورتیں اچھی لگتی ہیں جو ان کے گھر کو جنت جیسا مکمل بنادیں۔ اتنا مکمل کہ انگور کے دانے بھی خود بخود ٹوٹ کر ان کے منہ میں آگریں"۔

اور یہ سن کر تم نے بہت سی بے رنگ باتیں کرتے ہوئے کہا تھا:"اسی لیے مردوں نے جنت اور حوریں بنائیں"۔

اس نے میری اس آخری بات پر چونک کر مجھے دیکھا۔ اس کی نگاہیں برہم تھیں۔

"یہ تم نے کیا کہا، بے رنگ باتیں، کون سی بے رنگ باتیں؟"

کچھ نہیں، میرا مطلب ہے، پیار کی باتوں میں دوسری باتیں آجائیں تو وہ بے رنگ ہی ہوئیں نا۔"میں نے وضاحت کی

تم مردوں کا پیار! زندگی سے الگ تھلگ، بس ایک شبستان۔ ہم عورتوں کا پیار تو زندگی جتنا بڑا ہوتا ہے"۔

بہت شوق ہے، تم مجھے بھی ایسے مردوں میں۔؟

Generalize تمھیں

میں نے شکائت کی تو وہ ایک بار پھر پریمیکا کے سندر روپ میں آگئی۔

اور کون سی بات یاد ہے تمھیں؟"اُسے میرے ساتھ یادوں کے پھول چننے میں مزہ آرہا ہے۔

وہ رات۔۔۔۔۔ میرے فلیٹ میں ہم دونوں تھے۔ تم جانے پر بضد تھیں اور میں تمھیں کسی طرح جانے نہیں دے رہا تھا۔ میرا اصرار بڑھ رہا تھا۔ تمھاری گھبراہٹ اور غصے میں شدت آرہی تھی۔ پھر تم ایک جھٹکے سے میرا ہاتھ چھڑوا کر کمرے سے باہر چلی

گئی تھیں، تو اس لمحے مجھے مکمل تنہائی کا احساس ہوا تھا۔ اف تنہائی کا کیسا خوفناک احساس تھا۔

"لیکن میں واپس بھی تو آ گئی تھی۔"

ہاں کچھ دیر بعد جب تم واپس آئیں تو میں تمھاری طرف یوں لپکا تھا جیسے کسی ڈوبنے والے کے ہاتھ کشتی کا کنارا آ جائے۔ تب مجھے موت سے گزر کر جینے کا تجربہ ہوا۔ مجھے اپنی مکمل نفی کے بعد پھر سے اثبات کی نوید ملی تھی۔ یہ وہ لمحہ تھا جب مجھے اپنی زندگی میں تمھارے ناگزیر ہونے کا یقین ہو گیا تھا۔ تنہائی کا آسیب جب کمرے سے بھاگ گیا تو میں نے تم سے واپس آنے کی وجہ پوچھی تھی۔ تب تم نے مجھے ڈانٹتے ہوئے کہا تھا

جب کوئی لڑکی اِس طرح رات گئے روٹھ کر جاتی ہے تو پریمی اسے یوں اکیلے جانے نہیں دیتا۔ تمھیں میرا ذرا بھی خیال نہیں آیا تھا۔" اور جب میں تمھیں چھوڑنے کے لیے چپل پہن کر گرم کمرے سے باہر نکل رہا تھا تو تم نے مجھے میری جیکٹ دیتے ہوئے کہا تھا: "اسے پہن لو، تمھیں ٹھنڈ لگ جائے گی"۔

(تم عورتیں شروع دن سے ماؤں جیسی ہوتی ہو۔)

خاموشی کے کئی پہر گزر گئے۔

لگتا ہے ہم نے یادوں کے سب پھول چن لیے ہیں۔ اب میں پھر وہیں آ گیا ہوں جہاں سے چلا تھا۔

تم میری دنیا سے کیوں نکل گئیں؟" میں نے اپنا سوال دہرایا

"بتا تو چکی ہوں۔"

"نہیں۔ میرا دل کہتا ہے تم نے ساری بات نہیں بتائی۔"

سچ؟ تمھارا دل کہتا ہے؟" وہ شرارت سے مسکرائی"

"کیوں؟ کیا میرے پاس دل نہیں ہے؟"

تمھارا دل تو میں لے چکی ہوں۔ وہ زور سے ہنسی، پھر ایک دم سنجیدہ ہو کر کہنے لگی:

"تو بتا دوں؟

"یہی تو پوچھ رہا ہوں!۔"

اس بار اس کی آواز کہیں دور سے آتی ہوئی محسوس ہوئی

ایک روز ہم دونوں ساتھ ساتھ جا رہے تھے، کسی بڑی شاہراہ پر۔ اچانک مجھے محسوس ہوا کہ تمھاری رفتار میری رفتار سے مختلف تھی۔ پھر میں نے تمھاری آنکھوں میں جھانکا تو وہاں دو عورتوں کی پرچھائیاں لرز رہی تھیں۔ ایک میں تھی اور ایک وہ عورت جو مجھ سے تمھاری دنیا کی آخری عورت ہونے کا حق چھیننے والی تھی۔ میں نے آن کی آن میں تمھارے آئندہ زمانوں کو دیکھ لیا تھا، جہاں میں پوری نہیں آدھی تھی"۔

اس کی آنکھوں سے زخمی عورت کا غم و غصہ جھلکنے لگا۔ اس نے اپنی خود کلامی جیسی گفتگو جاری رکھی

میری جبلت نے اسی وقت اچانک ایک فیصلہ کیا۔۔۔۔ نہیں یہ فیصلہ میرے اندر کی چار عورتوں میں سے ایک نے کیا تھا، مر کر جینے کا فیصلہ۔ اور میں تم سے ہٹ کر شاہراہ سے نکلتی ایک گلی میں چلنے لگی۔ تم نے پیچھے مڑ کر مجھے دیکھا اور میرے پیچھے آنے لگے۔ میں نے قدم تیز کیے، تم نے تعاقب تیز کیا۔ اس روز سے میں چل رہی ہوں اور تم میرے تعاقب میں ہو۔ دیکھو میں تمھیں کہاں لے آئی ہوں۔ یہاں حواس کے اس ساتویں منطقے پر، یہاں اب صرف میرا راج ہے۔۔۔۔ صرف میرا"۔

اس نے کسی راجدھانی کی مغرور ملکہ کی طرح کہا۔

ہمارے آس پاس سناٹا شور مچا رہا ہے۔

تو اس طرح تم نے مجھے چھوڑ کر تنہائیاں مجھے دے دیں۔" میری آواز میں شِکستگی تھی۔

میں نے تمھیں تنہا نہیں کیا، تمھاری تنہائیوں کو آباد کر دیا۔" اُس کی آنکھوں میں چمک تھی۔

"تم تو سارے کریڈٹ اپنی جھولی میں بھر رہی ہو۔"

"میری جھولی ہو تو اسے بھروں، میں تو سب کچھ تمھارے نگر چھوڑ آئی۔"

اب اس کی آواز میں کسی ویرانے میں بھٹکتی ہوئی بے چین روح کا نوحہ تھا۔

اور میری آنکھوں میں رنجش کی سرخی اتر رہی ہے

اس کا مطلب یہ ہوا کہ تم نے مجھ سے محبت نہیں کی تھی۔ تمھیں تو اپنے آپ سے محبت تھی۔ اگر تم سوہنی ہوتیں تو چناب کے طلاطم سے ڈر نہ جاتیں"۔

اور تم۔۔۔۔۔ تم کہاں کے رانجھے ہو؟" اس نے خشمگیں نگاہوں سے مجھے دیکھا۔

تم بھی تو عورتوں کے ہجوم میں اپنی عورت کی پہچان نہ کر سکے۔ تمھیں یہی بتانے کے لیے مجھے تمھاری دنیا سے نکلنا پڑا۔

"تو تم نے مجھے سزا دی؟"

"محبت میں کون کس کو سزا دیتا ہے؟ دونوں ہی گھائل ہوتے ہیں۔"

وہ ایک بار پھر میری بجائے کھوئی کھوئی نظروں سے دیواروں کے پار دیکھ رہی ہے۔

کئی زمانے گزر گئے۔

میں اس سے پوچھتا ہوں۔

"کیا تمھیں ڈر نہیں لگتا کہ میں تمھیں بھول جاؤں گا؟"

"میں ڈر کی دنیا سے بہت دور ہوں۔"

"پھر بھی؟"

"اگر میں تمھیں نہیں بھول پائی تو تم مجھے کیسے بھول سکتے ہو؟"

"یہ ضروری تو نہیں کہ تم نہ بھولو تو میں بھی تمھیں یاد رکھوں۔"

تم مجھے کبھی نہیں بھول پاؤ گے۔ یہ میں جانتی ہوں۔ یہ موت جتنا اٹل سچ ہے۔ مرد اس عورت کو کبھی نہیں بھول سکتا جس نے کبھی اس کی روح میں اجالا کیا ہو۔ جو اس کے ذہن کے ایوانوں میں اپنی آواز کی گونج چھوڑ آئے۔ جو اس کی ہو اور پھر کسی بے خبر لمحے میں اس کے ہاتھ سے چھوٹ کر کسی نامعلوم دنیا میں جا گرے۔

واہ! تم تو کہانیوں کی بات کر رہی ہو۔" میں نے اسے چڑانے کی کوشش کی۔

ہم سب کسی نہ کسی بڑی کہانی کے کردار ہی تو ہیں۔" اس نے گہری سانس لے کر کہا۔

لمحے تیزی سے بھاگ رہے ہیں۔ میرا دل میرے ہاتھوں سے نکلا جا رہا ہے۔

"سچ کہوں؟، تم نے میری دنیا سے نکل کر مجھے غریب کر دیا۔"

نہیں، میں نے ہماری دنیا سے نکل کر ہم دونوں کی محبت کو ہمیشگی دے دی۔ اب یہ تمھارے شعروں میں ڈھلے گی۔ میرے گیتوں میں لکھی جائے گی۔ اب یہ کہانی کی طرح امر ہے"۔

مدھم روشنی میں، میں اس کے چہرے کو جی بھر کے دیکھتا ہوں۔

"تم آج بھی اتنی ہی حسین ہو، جتنی تب تھیں۔ وقت تمھارے حسن کا کچھ نہیں بگاڑ سکا"

تم مجھے پریمی کی آنکھ سے دیکھ رہے ہو ناں، اس لیے، محبت کی آنکھ میں زمانے ٹھہر جاتے ہیں"۔

چپ کی تانوں پر لمحوں کا رقص جاری ہے۔

لمس کی خواہش نے میرے دماغ میں دھواں بھر دیا ہے۔ وہ میرے سامنے بیٹھی ہے۔ اور بیچ میں صدیوں کی دوری ہے۔ روشنی بے جان ہے۔ وقت کی سانسیں رک رہی ہیں۔

شائد ہماری محبت میں کچھ کمی تھی۔

شائد ہمارے تصور ہماری حقیقتوں سے الگ تھے۔

شائد۔۔۔۔۔ ہم اپنے اپنے گمان کے جزیروں میں بھٹک رہے ہیں۔

فون کی گھنٹی سکوت کو لہولہان کر گئی۔ یہ میری بیوی کا فون ہو گا۔ وہ گلا کرے گی آج آپ نے فون ہی نہیں کیا۔۔۔۔۔ ہم ایک دو روز میں واپس آ جائیں گے۔۔۔۔۔ آپ ٹھیک تو ہیں نا!۔۔۔۔۔ ماسی نے کھانا بنا دیا تھا۔۔۔۔۔"؟

۔۔۔۔۔ میں فون نہ کر سکنے کا کوئی بہانہ بناؤں گا۔ بیویوں سے اسی طرح کی جھوٹی سچی باتیں ہوا کرتی ہیں۔

میں فون سن کر واپس آیا تو کمرے میں کوئی نہیں تھا۔ مجھے بتائے بغیر وہ جا چکی تھی۔ وہ ہمیشہ سے اسی طرح وقت اور دیواروں کی حد سے آزاد سفر کرتی ہے۔ اپنی مرضی سے چپکے سے چلی جاتی ہے اور پھر اسی طرح اچانک آ کر میری یاد کے ایوانوں میں دیے جلانے لگتی ہے۔

٭ ٭ ٭

پھانس

شین زاد

چودھری عظمت کی دوسری شادی کو آٹھ سال بیت چکے تھے ہزاروں ایکڑ زمین کئی شوگر ملز آئل ملز اور فلور ملز کا مالک چودھری عظمت تھوڑا کرخت مزاج ایک زمانے کو اپنے جوتے کے نیچے داب کر رکھنے والا آج بھی بے اولاد تھا پہلی بیوی سے اسے کوئی اولاد نہیں تھی اور دوسری بیوی سے بھی وارث پانے کے لیے وہ لاکھوں جتن کر چکا تھا جو صرف دنیا کو دکھانے کے لیے تھے حقیقت میں مسئلہ تو خود اس میں تھا اور وہ بہت پہلے سے اس بات سے باخبر تھا لیکن مونچھ اونچی رکھنے اور شملہ کھڑا رکھنے کے لیے کسی بھی حد سے گزر جانا ہی چودھراہٹ ہے۔

یہی اس نے اپنے باپ سے سیکھا تھا اور یہی اس کے خمیر میں شامل تھا۔ اس نے گاؤں بھر کو قابو میں رکھنے کے سارے گر اپنے باپ سے سیکھے تھے اور وہ یہ بہت اچھی طرح جانتا تھا کہ برتن کا زنگ چھپانے کے لیے اس پر ملمع کاری کرنی ہی پڑتی ہے۔ اس کے خادم رشید عرف رشیدو جس کی شادی دو سال پہلے اس نے ہی کروائی تھی جب مٹھائی کا دبہ لا کر چودھری عظمت کو اس خوشخبری کے ساتھ دیا کہ وہ باپ بن گیا ہے تو چوہدری عظمت یاس و حسرت کے دریا میں ڈوب گیا۔ اس رات وہ ایک آنکھ نہیں سویا۔ ساری رات سگار سلگاتا اور خود کو جلاتا رہا جائیداد کا وارث پانے کے لیے وہ کسی بھی حد تک جانے

کے لیے تیار تھا وہ جانتا تھا اس کے سامنے صبح شام دم ہلانے والا گاؤں اسے نامرد سمجھتا ہے وہ اس عفریت سے چھٹکارا پانا چاہتا تھا لیکن کیسے؟ یہ سوال اس کے دماغ کا ٹیومر بن گیا تھا وہ ہر ہر پل اس کے جواب کی تلاش میں سرگرداں رہتا۔

ایک دن ایئرپورٹ سے واپسی پر چچازاد کی ایک بات نے اس کے دل و دماغ میں ہلچل مچا دی۔ اس کا چچازاد جو پیشے سے ڈاکٹر تھا، برطانیہ سے خاص تعلیم حاصل کر کے لوٹا پاکستان میں آئی وی ایف سینٹر بنانے کا ارادے رکھتا تھا۔

آئی وی ایف سینٹر؟

چودھری نے اس سے پوچھا تو وہ مسکراتے ہوئے کہنے لگا آسان لفظوں میں کہوں تو ٹیسٹ ٹیوب بے بی سینٹر بنانے کا ارادہ ہے۔

ٹیسٹ ٹیوب بے بی کا سنتے ہی چودھری کا منہ کھلا کا کھلا رہ گیا۔

تمام راستے ٹیسٹ ٹیوب بے بی والی بات گھنٹی بن کر چوہدھری کے دماغ کے مندر میں بجتی رہی چودھری اس بارے معلومات اکٹھی کرنے کے لیے بے چین تھا لیکن وہ اپنے چچازاد کے سامنے خود کو کسی بھی طرح نیچا نہیں دکھانا چاہتا تھا۔ اس کے جانے کا انتظار کرتا رہا چچازاد ہفتہ بھر اس کے پاس رکا اور آخر رخصت ہو گیا اس کے جاتے ہی چدھری بھی لاہور روانہ ہو گیا جہاں اس کے ایک مینیجر نے اس کے کہنے پر ایک آئی وی ایف سینٹر کے بارے تمام بنیادی معلومات اکٹھی کر رکھی تھی لاہور پہنچ کر چودھری نے مینیجر سے مطلوبہ معلومات لیں اور ائی وی ایف سینٹر پہنچ گیا اور ڈاکٹر سے آئی وی ایف طریقہء علاج کے بارے معلومات لینے لگا ڈاکٹر نے اسے کسی حد تک امید دلائی اس کے اور چوہدرائین کے کچھ ٹیسٹ لکھ کر دیے اور اگلی بار چوھدرائین کو ساتھ لانے کا کہہ کر رخصت کر دیا۔

ایک ہفتے کے بعد چودھری تمام ٹیسٹ کی مطلوبہ رپورٹس اور چودھرائن کو لے کر

آئی وی ایف سینٹر پہنچا تو وہ کافی خوش اور پر امید تھا لیکن اس وقت اس کی مایوسی کی انتہا نہ رہی جب تمام ٹیسٹ کی رپورٹ دیکھنے کے بعد ڈاکٹر نے اسے بتایا کہ چودھرائین کی تمام رپورٹس درست ہیں لیکن چودھری باپ بننے کے قابل نہیں۔

چودھری جو بیوی کو انتظار گاہ میں بٹھا کر آیا تھا اور بہت امیدیں اور خواب دکھا کر یہاں تک لایا تھا اپنے بارے پہلے سے اگاہ تھا۔ ڈاکٹر کے یہ کہنے پر کہ آئی وی ایف دوسرے پارٹنر کے بنا ممکن نہیں خود کو مایوسی کے اندھیرے میں ڈوبتا محسوس کرنے لگا لیکن یہ تاثر زیادہ دیر قائم نہیں رہا اور اگلے ہی لمحے چودھری کا دماغ مزید تیزی سے کام کرنے لگا ویسے بھی چودھری آسانی سے ہار ماننے والا نہیں تھا۔

ڈاکٹر میں تین کی جگہ دس لاکھ روپے خرچ کر سکتا ہوں اگر کوئی طریقہ ہے تو مجھے بتاؤ ڈاکٹر جو اب تک ناممکن ناممکن کی رٹ لگائے ہوئے تھا دس لاکھ کا ذکر سنتے ہی سوچ میں پڑ گیا

ایک طریقہ ہے لیکن۔۔۔۔۔۔!

ڈاکٹر نے ڈرتے ڈرتے کہا تو چودھری فوراً بولا ہاں ہاں ڈاکٹر بتاؤ میں کچھ بھی کرنے کے لیے تیار ہوں۔

اوکے اگر تم چاہو تو کسی اور کے سپرمز۔۔۔۔۔۔۔۔۔۔۔۔!

ڈاکٹر آدھی بات کہہ کر خاموش ہو گیا اور چودھری کے چہرے کی طرف دیکھنے لگا ایک بجلی چودھری کے چہرے پر کوندی لیکن اگلے لمحے چودھری ڈاکٹر سے مخاطب تھا ٹھیک ہے میں تیار ہوں۔۔۔۔ بتاؤ ہمیں کیا کرنا ہو گا؟

بس تمہیں ایک ڈونر کا بندوبست کرنا ہو گا جو سپرمز ڈونیٹ کر سکے۔

چودھری نے اطمنان سے کہا اس کا بندوبست ہو جائے گا۔ لیکن مجھے بیٹا ہی چاہیے۔

تو پھر بے بی بھی ہو جائے گا اور مطمئن رہو بیٹا ہی ہو گا یہ ہمارے اختیار میں ہے ڈاکٹر نے مسکراتے ہوئے کہا چودھری نے ڈاکٹر سے ساری بات طے کی اور ایک ہفتے بعد کا وقت لے کر حویلی واپس لوٹ آیا۔

وارث ملنے کے تصور نے چودھری عظمت کے لاغر مرجھائے ہوئے بوڑھے ہوتے جسم میں ایک نئی روح پھونک دی۔ حویلی آکر وہ مسلسل ڈونر کے بارے سوچنے لگا اور اگلی صبح رشیدو پر نظر پڑتے ہی اس کی آنکھیں چمک اٹھیں۔

اس نے سوچا رشیدو جس کی تین نسلوں نے اپنا خون پسینہ حویلی کو دیا ہے وہ سپرمز ڈونیٹ کرنے سے انکاری کیسے ہو سکتا ہے۔ اسے تو وہ ساری عمر کے لیے بیل کی جگہ ہل کے آگے جوت سکتا ہے۔ یہ سپرمز کون سی بڑی بات ہیں۔

چودھری اس شیطانی سوچ پر مسکرا اٹھا۔

اس نے اس سارے معاملے کو بیوی سے پوشیدہ رکھا۔ مہینے بھر میں حمل ٹھہرنے تک کے تمام مراحل خاموشی سے طے ہو گئے۔ اور جب ڈاکٹر نے خبر دی کہ حمل کامیابی سے ٹھہر گیا ہے اور چودھرائین جلد چودھری کی خواہش کے مطابق بیٹے کی ماں بن جائے گی تو چودھری کی خوشی دیدنی تھی حویلی آکر اس نے پورے گاؤں کو کھانے کی دعوت دے ڈالی۔

مہینے گزرتے رہے اور چودھری کی بے چینی بڑھتی رہی آخر وہ دن آن پہنچا جب ایمبولینس سائرن بجاتی سڑک کو روندتی آئی وی ایف سینٹر کی طرف بڑھ رہی تھی۔

وہ لیبر روم کے باہر رشیدو کے ساتھ موجود تھا جب نومولود کی آواز اس کی سماعتوں سے ٹکرائی۔ وہ بے چینی سے اس پل کا انتظار کرنے لگا جب بچہ اس کے سامنے آئے گا اور وہ اسے گود میں لے گا۔ کافی انتظار کے بعد نرس نومولود کو گود میں لے کر لیبر روم سے

باہر آئی اس سے قبل کہ وہ نرس کی طرف بڑھتا اس کی نظر رشیدو پر پڑی جو بچے کو عجیب نگاہوں سے دیکھ رہا تھا۔ اس کی نگاہوں میں کچھ الگ تھا۔ کچھ باپ جیسا۔ ان نگاہوں نے چوہدری کے غرور کے بت کو ایک ہی ٹھوکر سے زمین بوس کر دیا تھا۔

اس ایک نظر نے چودھری عظمت کو چودھراہٹ کے آسمان سے ایک کمی کے قدموں میں لاگرایا تھا اسے ایسا لگا تھا کہ جیسے وہ بھرے مجمعے کے سامنے بے لباس برہنہ کھڑا ہے اس احساس نے چودھری کے اندر ایک طوفان اٹھا دیا جو اسے خس وخاشاک کی طرح اڑا لے گیا۔۔۔۔۔۔۔۔۔۔

چودھری جی ماشاء اللہ بیٹا ہوا ہے!

نرس نے بچہ چودھری کی طرف بڑھاتے ہوئے کہا تو وہ چونک گیا۔ اس نے ایک نظر نرس کی طرف دیکھا پھر پلٹ کر رشیدو کی طرف دیکھا جو ابھی تک بچے کو للچائی ہوئی نظروں سے دیکھ رہا تھا پھر اس نے ایک حقارت بھری نظر بچے پر ڈالی اور پلٹ کر تیز قدم اٹھاتا ہوا آئی وی ایف سینٹر سے باہر نکل گیا۔۔۔۔۔

اس کے اندر اٹھنے والا طوفان اس کے گرد وپیش کے پورے منظر میں بھر گیا تھا ایک کپکپی تھی جو اس کے وجود پر طاری تھی زندگی میں یہ پہلا لمحہ تھا جب چودھری میں خود سے آنکھ ملانے کی ہمت نہیں رہی تھی ایک پھانس تھی جو اس کے دل میں اتر گئی تھی جس کی چبھن اب شاید مر کر ہی جائے گی۔

***

دوسری تدفین

حمید قیصر

اب کے میں نے تہیہ کر لیا تھا کہ میلینیم کارگو والے کسٹم ایجنٹ کی پکی چھٹی کروادوں گا، حیرت ہے کراچی سے برطانیہ آئے اسے بیس سال ہو چلے تھے مگر مجال ہے جو اس میں ذرا سی بھی کوئی تبدیلی آئی ہو؟ کام کرنے کا وہی دیسی سٹائل۔ کارگو ٹرمینل پر واقع اس کے چھوٹے سے آفس کے ساتھ گوروں کے بیسیوں خوبصورت دفاتر تھے مگر وہ سالا ایسا چکنا گھڑا تھا کہ اس پر ذرا برابر بھی کسی گورے یا گوری کا رنگ نہ چڑھا تھا۔ آج صبح کیتھلے ٹاؤن سے مانچسٹر ایئر پورٹ کے لیے نکلنے سے پہلے اس کے ساتھ دفتر اور پھر موبائل پر رابطہ کی بار بار کوشش کی۔ بالآخر میں نے ائیر وے بل کی تفصیل اس کے موبائل پر ٹیکسٹ کر دی اور یہ سب سوچتے ہوئے گھنٹے بھر کی ڈرائیو کے بعد میں ائیر پورٹ پہنچ گیا۔ کارگو ٹرمینل کے فسٹ فلور پر اس کا دفتر جا کر دیکھا تو لاک تھا۔ اب میرے لیے اور کوئی چارہ نہ تھا کہ پارکنگ میں کھڑی گاڑی میں بیٹھ کر سگریٹ پھونکوں، دل جلاؤں یا پھر گاڑی کی سیٹ پیچھے کی طرف کھینچ کر کے لمبی تان کر سو جاؤں لیکن سونے میں تاخیر کا خطرہ تھا۔ چنانچہ سامنے لگی کافی مشین میں چند سکے ڈال، کڑوی کسیلی کافی کا کپ لے کر میں گاڑی میں ٹیپ ریکارڈر آن کر کے بیٹھ گیا کہ اگر تھوڑی دیر کے لیے اس ایجنٹ کو بھول جاؤں تو صحت کے لیے مفید رہے گا۔ یہ سوچتے ہوئے میں نے بلیک کافی کا

لمبا سپ لیا اور کپ ڈیش بورڈ پر رکھ کر سیٹ کے ساتھ ٹیک لگا لی۔

نومبر کی سہ پہر میں جزیرہ نما برطانیہ کی سمندری طوفانی اور سرد ہواؤں کے نرغے میں تھا۔ ہوا کے تھپیڑے آ کے گاڑی میں بار بار ارتعاش پیدا کر رہے تھے۔ کار پارکنگ سے ملحقہ دور تک پھیلے کار گو ٹریک پر بڑے بڑے ٹرالر کھڑے تھے اور چھوٹی چھوٹی ویٹ لفٹر گاڑیاں چند ٹرالرز میں سے سامان کی لوڈنگ اَن لوڈنگ میں مصروف تھیں۔ میری طرح اور بھی بہت سے لوگ اپنی اپنی گاڑیوں میں مال کی واگزاری کا انتظار کر رہے تھے مگر میرا یہ انتظار شیطان کی آنت کی طرح کچھ زیادہ ہی طویل ہوتا جا رہا تھا۔ اس خیال سے کہ شاید وہ کمبخت ایجنٹ کہیں سے ٹپک پڑا ہو۔ میں سیڑھیاں چڑھ کر اس کے دفتر پہنچا تو وہ خلاف توقع دفتر میں بیٹھا کان سے فون لگائے کمپیوٹر پر کچھ ٹائپ کیے چلا جا رہا تھا۔ مجھے دیکھ کر اس نے تیار شدہ کاغذات میری طرف بڑھا دیئے، میں نے بھی کوئی بات کیئے بغیر ادائیگی کی اور چلا آیا کہ اُسے کچھ کہنا تو دیوار سے ٹکریں مارنے کے مترادف تھا۔ نیچے واپس آکر میں نے جلدی جلدی کسٹم کلیرنس کے لیے کاغذات کاؤنٹر مینیجر کے حوالے کیے اور ضروری کارروائی کے بعد مال کی واگزاری کا انتظار کرنے لگا۔

سردی آہستہ آہستہ بڑھ رہی تھی اور نومبر کی جلد چھا جانے والی شام اپنی سلیٹی شال چاروں اور دھیرے دھیرے پھیلا رہی تھی۔ کارگو ایجنٹ کی لاپرواہی اور انتظار کی کُلفت نے میرا سارا دن خراب کر کے رکھ دیا تھا۔ لوگ سچ ہی تو کہتے ہیں۔ ہم دیسی لوگ، جتنے پڑھ لکھ جائیں اور دنیا کے کسی بھی کونے میں چلے جائیں، اپنے آپ کو بدلنے کی کوشش ہی نہیں کرتے۔ اگر یہ کارگو ایجنٹ میرے ٹیلی فون، ای میل یا ایس ایم ایس کا مختصر سا جواب ایس ایم ایس کر دیتا کہ ایئر پورٹ فلاں وقت پہنچ جائیں آپ کے کاغذات تیار ملیں گے تو میرا سارا دن یوں غارت نہ جاتا۔ گنجا سالا ولائتی زمین پر دیسی ٹینڈا۔۔۔! میرا غصہ کسی طور

کم نہیں ہو رہا تھا۔ ابھی میں اِسی اُدھیڑ بُن میں مبتلا تھا کہ میری گاڑی کے برابر ایک "مورچری وین" آ کر رُکی جس میں لکڑی کا تابوت صاف نظر آ رہا تھا۔ ڈرائیور پر نظر پڑی تو وہ بھی ادھر ہی متوجہ تھا۔ جو چال سے اٹک کا لگتا تھا۔ ڈیڈ باڈی دیکھ کر میری دن بھر کی ذہنی کوفت، تھکن اور غصّہ جاتا رہا۔ یہ سوچ کر میرا دل بھر آیا کہ جانے کس ماں کا لعل ہے؟ جو سہانے خواب لے کر پردیس آیا ہو گا۔ اس نے کیا کھویا اور کیا پایا؟ وہ زندہ آیا تھا مگر کیا بے بسی ہے کہ اب اس کی ڈیڈ باڈی وطن واپس جا رہی ہے۔ یہ سوچتے ہوئے میں گاڑی سے باہر آ گیا اور وین ڈرائیور سے استفسار کرنے لگا۔

"بھائی یہ کس کی ڈیڈ باڈی ہے۔۔۔؟"

" جی تا کوئی میر پوری، یہ صندوق بریڈ فورڈ سے آیا ہے اور پاکستان واپس جا رہا ہے"۔ ڈرائیور نے نیم پشتون لہجے میں کچھ ایسے انداز سے کہا کہ میرا تجسّس اور بڑھ گیا۔

"بھائی یہ کون تھا اور اسے کیا ہوا؟"

" جی صاب! اس کا نام خادم حسین ہے اور شوگر کا مرض میں مبتلا تا"۔ ڈرائیور نے اسی انداز میں جواب دیا۔ میرا دل رنج سے بھر گیا اور میں اس سے اظہار افسوس کرنے لگا۔

" اُو ہو! صاب جی! خادم حسین مرا نہیں، زندہ ہے اور اس کی صرف ٹانگ کٹی ہے"۔

"تو پھر یہ ڈیڈ باڈی؟؟" میرا تجس اپنی آخری حدوں کو چھونے لگا۔

"اُو سر جی! اس صندوق میں خادم حسین کا ڈیڈ باڈی نہیں، اس کی ایک ٹانگ ہے، ٹانگ۔" ڈرائیور نے ہنستے ہوئے گویا میری معلومات میں اضافہ کیا اور میں حیرت کے سمندر میں غوطے لگانے لگا۔

"یعنی کیا مطلب ہے، صرف ٹانگ۔۔۔؟اور خادم حسین؟" میں نے اسی انداز میں پوچھا۔

"جی۔ خادم حسین بریڈ فورڈ کے کسی ہسپتال میں ہے۔" ڈرائیور نے سگریٹ جھاڑتے ہوئے کہا۔

"تو پھر یہ ٹانگ اتنی دور بھیجنے کا کیا مطلب ہے؟ یہاں بھی تو دفن کی جا سکتی تھی۔۔۔" میری حیرت برقرار تھی۔

"اُوہو سر جی! یہاں ایک ٹانگ کی تدفین پر بھی اتنا ہی خرچہ آتا ہے جتنا پوری ڈیڈ باڈی پر اور وہ بھی پونڈوں میں! یہ سارا چکر ہی رقم بچانے کا ہے۔" ڈرائیور ہاتھ نچا کر بولا۔ میں پل بھر کے لیے خاموش ہو گیا۔

"یار! بڑی عجیب بات ہے، جو کم از کم میری سمجھ میں تو نہیں آرہی"۔ میرا استعجاب برقرار رہا۔

"او جناب! ہسپتال میں ان کے گاؤں کا ایک بندہ تو یہ بھی کہتا تا کہ خادم حسین میر پور میں قتل کے ایک مقدمے میں مطلوب تھا اور کسی طرح یہاں بھاگ آیا۔ اب اس تابوت کے جانے سے سب کو یہ اطلاع ہوئیگا کہ وہ مر گیا ہے اور مقدمہ ختم ہو جائے گا"۔

ابھی ڈرائیور کی گفتگو یہیں تک پہنچی تھی کہ ویٹ لفٹر گاڑی پاکستان سے آئی تادیب کے تازہ شمارے کی پیٹیاں لے کر باہر آگئی۔ میں نے ساری پیٹیاں گن کر کار بوٹ میں اور کچھ پچھلی سیٹ پر رکھیں۔ وین ڈرائیور نے بھی میری مدد کی۔ میرے پوچھنے پر اس نے اپنا نام نذیر گل بتایا اور یہ کہ وہ "مسلم فیونرل سروس بریڈ فورڈ" میں وین ڈرائیور کے طور پر کام کرتا ہے۔ میں ائیر پورٹ سے فارغ ہو گیا تھا مگر نذیر گل کو اپنی باری پر صندوق کی بکنگ کے لیے ابھی اور انتظار کرنا تھا۔

اِدھر واپسی کے لیے موٹروے کی ویک اینڈ کی مصروف ترین اور صبر آزما ڈرائیو میری منتظر تھی۔ سرما کے کالے بادلوں نے آسمان کو پوری طرح سے ڈھانپ لیا تھا اور تیز سمندری ہوائیں یوں چل رہی تھیں جیسے بلائیں اور چڑیلیں دیوانہ وار ایک دوسرے کے پیچھے بھاگ رہی ہوں۔ موٹروے پر دوڑتی ماچس کی ڈبیا جیسی کاریوں محسوس ہوتا تھا جیسے ابھی ٹیک آف کر جائے گی ادھر میرے اندر کروٹیں لیتے تجسّس کو کسی بھی پل قرار نہیں آرہا تھا، ڈرائیور نذیر کے بیان سے میری تسلی نہیں ہو رہی تھی۔

اگلے روز میں ڈرائیور نذیر کے بتائے ہوئے پتہ پر "مسلم فیونرل سروس" کے دفتر پہنچ گیا۔ جہاں سے میں نے خادم حسین کے گھر کا پتہ لیا اور اسی شام اس کے گھر سے معلوم ہوا کہ وہ ابھی تک رائل انفرمری ہسپتال میں ہے۔ دوسرے روز ڈیوٹی سے فارغ ہو کر جب میں شام کو ہسپتال کے سرجیکل وارڈ میں داخل ہوا تو خادم حسین تکیے سے ٹیک لگائے سیب چھیل رہا تھا۔ پچپن ساٹھ کے پیٹے میں سادہ سے اس شخص نے مجھے پہلی بار دیکھا تو اجنبیت کے باوجود اس کی آنکھوں میں خلوص کی چمک دکھائی دی۔ اس نے مجھے ذرا بھی اجنبیت کا احساس نہ ہونے دیا۔ میں نے اپنا تعارف کرایا۔

اس کی گفتگو کے انداز اور روّیے نے میرے ابتدائی تاثر کو آہستہ آہستہ دھونا شروع کر دیا۔ میرا دل کہتا تھا کہ یہ شخص کسی بھی صورت قاتل نہیں ہو سکتا میں نے اصل بات کی تہہ تک پہنچنے کے لیے اس کی عیادت کرتے ہوئے ٹانگ کے آپریشن کے بارے میں دریافت کیا۔ تو اس نے جواباً بتایا کہ ایک سال پہلے کار کے حادثے میں اس کی ایک ٹانگ بری طرح کچل گئی تھی اور پھر شوگر کے موذی مرض نے ٹانگ کے زخم کو دوبارہ مُندمل ہی نہ ہونے دیا۔ بہت علاج کروایا مگر بالآخر ٹانگ کٹوانے کے سوا کوئی چارہ نہ رہا۔

اچانک اس کے چہرے پر میرے بارے میں تجس کی لکیریں اُبھر آئیں اور اس نے پوچھا۔ "آپ کو کس نے بتایا اور آپ کیسے میرا پتہ کرتے ہوئے یہاں تک آ گئے۔۔۔؟" میں اس اچانک بازپرس کے لیے تیار نہ تھا مگر ذرا توقف کے بعد سنبھلا تو مجھے اپنا منتہائے مقصود صاف دکھائی دینے لگا۔ میں نے اسے بتایا کی دو روز قبل جب اس کی "مردہ ٹانگ کا صندوق" جہاز سے وطن بھیجا جارہا تھا، تو میں بھی وہیں تھا اور وین ڈرائیور اور مسلم فیونرل سروس کے دفتر سے حاصل کردہ معلومات کی بناء پر آپ سے ملنے چلا آیا، شاید وہ میری ذہنی کیفیت بھانپ چکا تھا، خود ہی کہنے لگا۔

"آپ بھی شاید دوسروں کی طرح یہ سمجھتے ہوں گے کہ میں ایک کنجوس آدمی ہوں اور تدفین کے اخراجات سے گھبرا کہ ایسا کر رہا ہوں۔ قطعی نہیں۔ ایسا ہر گز نہیں ہے۔" یہ کہہ کر وہ خاموش ہو گیا جیسے اپنے الجھے خیالات کا تانا بانا سلجھانے میں مصروف ہو۔ میں خاموش رہا۔

پھر وہ خود ہی کہنے لگا:

"کہانی تو بہت طویل ہے مگر ضروری تفصیل سے آپ اس حقیقت کا پس منظر بآسانی جان جائیں گے۔ مجھے اپنا وطن میرپور چھوڑے ہوئے پچاس سال سے زیادہ عرصہ ہو چلا ہے۔ جب میں اپنے ماں باپ اور دو بڑی بہنوں کے ہمراہ یہاں آیا تو شاید میری عمر پانچ چھ سال ہو گی۔ معلوم نہیں اس سرزمین کی مٹی اور آب و ہوا میں کوئی جادوئی تاثیر ہے یا برطانوی پاؤنڈ میں کوئی طاقت ہے جو ایک بار کسی کو اپنے حصار میں لے لے تو پھر آسانی سے چھوڑتی نہیں۔ اس طویل عرصے میں میرے خاندان کا بہانے بہانے سے وطن جانا ہوتا رہا مگر جوں جوں وقت گزرتا گیا ہمارے پاؤں یہاں کی دلدل میں دھنستے چلے گئے۔

میری بڑی بہنیں رشتہ داروں میں شادی کے بعد اپنے اپنے گھروں کی ہو رہی ہیں۔

اس عرصے میں پہلے میری ماں اور پھر باپ دونوں رخصت ہو گئے۔ میں نے دونوں بار بہت زور لگایا کہ ماں باپ کی میتیں اپنے وطن کی مٹی کے سپرد کر سکوں مگر میرے اور میری بہنوں کے بچوں نے پرُزور مخالفت کر کے مجھے ایسا نہ کرنے دیا۔ آپ کو تو پتہ ہی ہے ، یہاں پیدا ہونے والی اولاد جب خود مختار ہو جاتی ہے تو دوسرے اُن کے سامنے اختیار رکھتے ہوئے بھی بے اختیار ہو کر رہ جاتے ہیں۔

والد کا چھوڑا ہوا اچھا خاصا کاروبار اب بھی میری سرپرستی میں ہے مگر اپنے دو بیٹوں اور دو بیٹیوں پر میرا کوئی اختیار نہیں۔ وہ جو چاہتے ہیں ہو جاتا ہے۔ ان کا کہنا ہے کہ جب ہم نے وطن واپس جا کر مستقلاً رہنا ہی نہیں تو وہاں بزرگوں کی قبریں کیوں بنائی جائیں ؟ اور جب آپ کے بزرگوں کے ، بزرگوں کی قبریں، ان کی نشانیاں ، ان کے کچے اور پرانے گھر منگلہ ڈیم نے نگل لیے تو کل کلاں ہمارے بزرگوں کی قبریں ڈیم کی بار بار توسیع کی وجہ سے کہاں سلامت رہ سکیں گی ؟"

بس ان کی اس دلیل کے بعد میرے پاس کوئی جواز نہ تھا کہ میں ان کے اس فیصلے کو رڈ کر سکتا۔ اسی تناظر میں اب جب دیکھتا ہوں کہ میرے مرنے کے بعد کیا ہو گا؟ تو دل سے اِک ہُوک سی نکلتی ہے کہ ساری زندگی ، بچوں کے بہتر مستقبل کے لالچ میں دیس سے پردیس ہوئے اور یہاں دوسرے اور تیسرے درجے کے شہری کی حیثیت سے زندگی بسر کی۔ ماں دھرتی سے دور رہے اور بزرگوں کا وطن کی جس مٹی سے خمیر اٹھا تھا۔ انہیں مرتے وقت مٹی کی خوشبو سے محروم رکھا۔ انہیں دیارِ فرنگ کی بے وفا مٹی کے سپرد کر کے میں نے بڑا پاپ کیا۔

آج میں اپنے آپ کو والدین کا مجرم سمجھتا ہوں اور یہ خیال کرتا ہوں کہ ایک دن اس جرم کی پاداش میں میری اولاد میری میت بھی اِسی گناہ آلود سیاہ مٹی کے سپرد کرے

گی۔ یہی سوچ کر میں آئندہ تین چار روز میں یہاں سے فارغ ہو کر مستقلاً اپنے وطن کشمیر جا رہا ہوں تا کہ اپنی تجہیز و تکفین میں شریک ہو سکوں"۔ خادم حسین یہ کہہ کر خاموش ہو گیا اور میں نے دیکھا۔

اس کی آنکھیں خوشی کے آنسوؤں سے لبریز ہو گئی تھیں۔

٭ ٭ ٭

جادوگرنی

مریم عرفان

جس عمر میں لڑکیاں گڑیوں سے کھیلا کرتی ہیں وہ مردوں سے کھیلتی تھی۔

اس سے میری پہلی ملاقات چندا کے کوٹھے پر ہوئی تھی۔ میں نے آج تک اس جیسی باکمال لڑکی نہیں دیکھی، اگر وہ مغلیہ دور میں پیدا ہوتی تو یقیناً اکبر کے دربار کا دسواں رتن ہوتی۔ ان دنوں بازار حسن میں بیٹھا یہ رتن خوب اپنے دام وصول کر رہا تھا۔ میں اس کے مستقل گاہک سے زیادہ اس کا عاشق بن بیٹھا تھا جسے وہ جب چاہے دھتکار دیتی اور جب دل چاہتا سینے سے لگا لیتی تھی۔ سارے زمانے کی خوبصورت، سفاک اور بے باک عورتیں اس کے آگے ہیچ تھیں۔ ایک سال کی قربت اور صداقت کے بعد میں اس کا اعتبار جیتنے میں کامیاب ہوا تھا۔ اب وہ مجھ پر کلی بھروسہ کرنے لگی تھی۔ میرے لیے وہ اپنے گاہکوں کو بھی کمرے سے دھکے دے کر نکال دیتی تھی۔ اسے میری جیب میں پڑا قلم اور چھوٹی ڈائری بہت پسند تھی، وہ جب بھی موج مستی میں ہوتی تو میرا قلم اپنی انگلیوں میں لے کر معلوم نہیں ہوا میں کیا لکھنے لگتی تھی۔ اس کے باریک ہونٹ تھرتھرانے لگتے تھے ایسے میں ایک دن وہ اصرار کرنے لگی کہ میری کہانی لکھو۔ "کملیے، تیری کہانی میں ایسا کیا ہے۔۔۔ ہاں۔" میں اسے جان بوجھ کر چھیڑ بیٹھا۔ "بہت کچھ ہے۔ ایک گھر ہے، ماں باپ ہیں، بہن بھائی، میرا بچپن اور۔۔۔ ایک شوہر۔"

"کیا۔۔۔ شوہر؟؟؟" میں اس کے منہ سے یہ لفظ سن کر اٹھ بیٹھا۔ "ہاں۔۔۔ اچھا بندہ تھا، مفت میں میرے ساتھ اپنی زندگی خراب کر بیٹھا۔" اس نے تکیے کے نیچے سے سگریٹ کی ڈبیا نکالی اور مزے سے سگریٹ جلا کر دھواں میرے منہ پر پھینکنے لگی۔ اس رات مجھے معلوم ہوا کہ جسے میں نوری کہتا تھا وہ نوراں تھی۔ رنگیل پور کی نوراں، جس کی جوانی صحن کی چھوٹی دیواروں سے جھانکتا ہوا پودا تھی۔ سرو کے بوٹے جیسی اونچی، دبلی پتلی نوراں جس کے گال قندھاری انار کی طرح کھٹے میٹھے معلوم ہوتے تھے۔ اسے بچپن سے ہی دنداسے کا شوق تھا جس سے اس کے ہونٹ سنترے کی رس بھری پھاڑیاں معلوم ہوتے تھے۔ اس کے ہاتھوں کی نرمی اور گرمی جاڑے کے موسم میں لحاف کی طرح تھی جس میں اس کے گداز جسم کی گرماہٹ سنسناہٹ پیدا کر دیتی تھی۔ نوراں کے گھر کا صحن اس کے بہن بھائیوں سے آباد تھا، وہ کمرے کی کمزور کھڑکی سے اپنی ماں کو دردزہ میں مبتلا دیکھ کر عجیب سی ہذیانی کیفیت خود پر طاری کر لیتی تھی۔ آٹھ سال کی عمر میں اس نے پہلی بار اپنے گھر کسی بچے کو پیدا ہوتے دیکھا تو بڑے لطیف سے جذبے کی آگ میں جلنے لگی۔ وہ اکثر رات کو اپنی ماں کی طرح چارپائی پر ہاتھ پاؤں مار کر بچہ پیدا کرنے کی پریکٹس کرتی۔ اس کا چھوٹا سا منہ خوں خاں کرتا ہوا جھاگ اگلنے لگتا۔ صبح اٹھ کر وہ اسی چھوٹے سے بھائی کی پتلی پتلی رانوں پر زور زور سے چٹکیاں لینے لگتی۔ بچہ چیخیں مارتا اور نوراں اس کی چیخ و پکار پر ہنستی مسکراتی باہر کو دوڑ لگا دیتی تھی۔ اسے دروازوں اور کھڑکیوں کی درزوں سے جھانکنے کی خوب عادت پڑ چکی تھی۔ وہ راتوں کو اٹھ اٹھ کر اپنے شادی شدہ بھائیوں اور ماں باپ کے کمرے میں بلی کی طرح جھانکتی اور میاؤں میاؤں کرتی رہتی۔

دس سال کی عمر میں اسے اپنے سکول ماسٹر امتیاز سے جنونی عشق ہوا جو اسے بگولے کی طرح اڑاتا رہا۔ ماسٹر درمیانی عمر کا شادی شدہ مرد تھا اس کے نزدیک نوراں بچی سے

زیادہ کچھ نہیں تھی۔ نوراں ماسٹر امتیاز کی توجہ حاصل کرنے کی خاطر سکول کا کام نہیں کرتی تھی اور جب ہاتھوں پر ڈنڈے کھانے کی باری آتی تو اس کی ننگی کلائیاں زخموں سے چور چور ملتیں۔ ماسٹر امتیاز کے اندر کا کائیاں مرد نوراں کی دیوانگی بھانپ چکا تھا وہ اس کا ناجائز فائدہ کبھی نہ اٹھاتا اگر وہ دس سالہ بچی خود آگے بڑھ کر اسے مجبور نہ کرتی۔ اس کی لال بھبھوکا آنکھیں اور گالوں کا پھیکا پن دیکھ کر اندازہ ہوتا تھا کہ وہ ماسٹر امتیاز کے عشق سے زیادہ ایک مرد کے لمس کا شکار ہوگئی ہے۔ اس کے اندر کی ہڑک اور پاگل پن ماسٹر امتیاز کے لیے بھی عاشقی کا نیا سبق تھا جسے وہ اس کے ساتھ روز طوطے کی طرح رٹنے لگا تھا۔ سرکاری کوارٹر کا کمرہ نوراں کے منحنی جسم سے بھر چکا تھا وہ شہتوت کے پیڑ کی طرح اس کے کمرے میں اگ چکی تھی۔ اس کے الھڑپن کی سرخی پکے ہوئے کالے شہتوت جیسی تھی جس کا رنگ کپڑوں پر لگ جائے تو داغ چھوڑ جاتا ہے۔ چھ ماہ کا عرصہ نوراں کی نوخیزی سے بھرپور تھا جو ماسٹر امتیاز کی ٹرانسفر کے بعد خالی گلاس ہوگیا۔ پہلے عشق میں مات کھا کر وہ سپنی کی طرح پھنکارنے لگی تھی، ان دنوں اس کی آنکھیں قہر برساتی تھیں۔ اس کے جسم کے کونے کھدرے بھرنے لگے تھے، اس کے بھورے بال برگد کی چھال کی طرح بڑھ رہے تھے۔ جدائی کا یہ زمانہ اس کے پاگل پن کا آغاز تھا اگر ایسے میں گل کیانی اس کی زندگی میں نہ آتا تو شاید وہ خودکشی کر لیتی۔ مراثیوں کا یہ بیٹا شہر سے سولہ جماعتیں پڑھ کر گاؤں آیا تھا ویسے تو اس کا نام پرویز تھا لیکن شہر میں پڑھنے کے بعد اس نے اپنا نام گل کیانی رکھ کر اپنی ذات کی لاج رکھنے کی حقیر سی کوشش کی تھی۔ گاؤں کا سکول جب ماسٹر امتیاز کے جانے کے بعد خالی ہوا تو گل کیانی اپنا فالتو وقت وہاں کاٹنے کے لیے آنے لگا۔ پھر آہستہ آہستہ نوراں اس سے ٹیوشن لینے کے لیے اس کے گھر جانے لگی۔ تب اسے دوسری بار عشق ہوا اور وہ دونوں چھپ چھپ کر ملنے لگے۔ قسمت نوراں کو مواقع فراہم

کرتی رہی اور یوں وہ بے باکی کی سیڑھی پر چڑھتے چڑھتے بے حیائی کے کوٹھے پر چڑھ گئی۔ پھر اس کے یار بدلنے لگے، اسے کسی سے پیسے کا لالچ نہیں تھا بس مردوں کے ساتھ رہنے کا جو چسکا اسے پڑ چکا تھا اس سے جان چھڑانا اب اس کے بس کی بات نہیں رہی تھی۔ گھر والے اپنی زندگی جی رہے تھے ان کے لیے نوراں کا وجود اندھیرے کی طرح تھا جو دکھائی نہیں دیتا لیکن اپنا وجود ضرور رکھتا ہے۔ نوراں کسی چھٹے ہوئے بدمعاش کی طرح اکھاڑے میں اتر چکی تھی، وہ گھر کے کام بھی ایسے کرتی جیسے کوئی جن اس میں سما گیا ہو۔ گھر کے جانوروں کا دودھ دوہنا اس کے بائیں ہاتھ کا کھیل تھا، اسے ان کاموں میں لطف آنے لگا تھا۔ دھیمے دھیمے گنگناتے ہوئے اس کے ہاتھ گائے کے تھنوں کو چھوتے تو وہ مستی کے عالم میں لہک لہک کے دھاریں نکالنے لگتی۔ گاؤں کی گلیاں اس کی آوارہ گردی کی عادی ہو گئی تھیں اس کے لیے ہر مرد ایک چیلنج تھا۔ وہ بھاری پتھر جیسے مردوں کو بھی خود سے شرط لگا کر تسخیر کرنے لگی تھی۔ اسے پیر معصوم شاہ کے دربار کا وہ ملگجا سا ملنگ بھی بہت پسند تھا جس کے کٹورے میں سکے پھینکتے ہوئے وہ اسے اشارے کرتی تو فقیر مستی میں جھومتے ہوئے کہتا: "توں پڑھیں نماز فریب والی، تے رب جانے تیرے نیتیاں نوں۔"

نوراں کی جوانی کی چمک سورج کی روشنی کی طرح اب آنکھیں چندھیانے لگی تھی۔ بارھواں بچہ پیدا کرنے کے بعد نوراں کی ماں نے اس پر بھرپور نظر ڈالی تو سوچنے لگی کہ اب وہ بھی کھیت جوتنے کے لیے تیار ہے۔ گاؤں بھر میں اس کے لیے رشتے دیکھے جانے لگے نوراں کے لیے یہ خبر کسی انہونی سے کم نہیں تھی۔ جیسے ہی رشتہ طے ہوا وہ اس رات پاگلوں کی طرح سردی میں باہر صحن کے گرد چکر کاٹنے لگی، سب ترکیبیں اور رونے دھونے بے کار ثابت ہونے لگے تھے۔ "بے بے! میں شادی نئیں کرنی۔" نوراں رو رو کر فریاد کرتی تو ماں اپنے بھاری وجود کے ساتھ اس پر پل پڑتی۔ گھونسوں اور لاتوں سے اس

کی خوب تواضع ہونے لگی تو اسے اندازہ ہو گیا کہ شادی کی رات اس پر بھی آسیب بن کر وارد ہو گی۔ ان دنوں نوراں کا چہرہ دیکھنے والا تھا، اس کا ملیح حسن اب پیلا پڑنے لگا تھا، وہ بیٹھے بیٹھے بے ہوش ہونے لگی تھی۔ ایسے میں گھر بھر میں شور مچ جاتا کہ لڑکی کو سنبھالو کہیں مر نہ جائے تو ماں کچے صحن کی طرف تھوکتے ہوئے کہتی: "کتیاں دی رن، کھسم لیوے گی تے ٹھنڈیا ہو جانا اے ایس نے۔"

نوراں کو شادی طے ہونے کے بعد اپنی سہیلی کوثری شدت سے یاد آنے لگی تھی جس پر جن عاشق ہو گئے تھے۔ جوان لڑکی کھلے سر اور بنا دوپٹے کے سارا سارا دن گلیوں میں خاک اڑاتے دوڑتی پھرتی رہتی۔ نوراں کا ذہن ایسے ہی باتوں کو سوچنے میں مگن تھا کہ اس کی زندگی میں مراد شامل ہو گیا۔

شادی کی پہلی رات گاؤں والوں نے اس کی چیخیں سنیں، ہر طرف شور مچا ہوا تھا کہ کمہاروں کی لڑکی پر جن آ گئے ہیں۔ نوراں ہنستے ہنستے لمبے لمبے ڈکار لیتی تو مجمع ڈر کر دو قدم پیچھے ہٹنے لگتا۔ مراد اپنی نئی نویلی دلہن کا پاگل پن دیکھ کر دیوانہ ہوا جاتا تھا۔ نوراں کا جب جی چاہتا اپنے ہاتھ پاؤں ٹیڑھے کر لیتی، کبھی منہ سے جھاگ نکالتی تو کبھی بال کھول کر گردن زور زور سے گھمانے لگ جاتی۔ روز کوئی نہ کوئی عامل اس کا جن نکالنے آتا تو وہ اسے مار کر بھگا دیتی۔ نوراں کو اب اس سارے ڈرامے میں مزہ آنے لگا تھا، اس کی فنکارانہ صلاحیتیں نکھرتی چلی جا رہی تھیں۔ اسے کم عمری میں اپنا درد زہ لینا یاد تھا اور اسی طریقے کو وہ ہر دوسرے دن آزما کر خوب لطف لیتی تھی۔ پھر آہستہ آہستہ اس کا دل اس ڈرامے سے بھرنے لگا اسے اپنا آپ سرکس کے جوکر کی طرح لگتا تھا جو تماشا دکھا رہا ہو اور مجمع کمر پر ہاتھ رکھے بڑے انہماک سے دیکھے چلا جاتا تھا۔ ایک رات نجانے اسے کیا ہوا کہ سب کو سوتا چھوڑ کر وہ گاؤں کے سٹیڈیم کی طرف دوڑنے لگی جہاں ایک بے آباد کنوئیں پر پہنچ

کر اس نے اپنے سینے سے دوپٹا کھینچ کر نکالا اور اس کی منڈیر پر رکھ کر لاری اڈے کی طرف بھاگنے لگی۔ بس صبح اٹھتے ہی گاؤں میں شور مچا تھا کہ نوراں کو جن اپنے ساتھ کنوئیں میں لے کر اتر گئے ہیں۔ مراد کنوئیں کی منڈیر سے ملنے والے اس کے دوپٹے کو آنکھوں پر رکھے سسکیاں لیتا تو لوگوں کی آنکھیں بھی ڈبڈبانے لگتیں۔ گاؤں کی بڑی بوڑھیاں تو پہلے ہی ایسے کسی انہونے واقعے کی طرف اشارہ کر چکی تھیں پھر تو گویا یہ بات جنگل میں آگ کی طرح پھیل گئی۔ آناً فاناً دو تین ایسے گواہ بھی خود بخود پیدا ہو گئے جنہوں نے اسے جنات کے ساتھ کنوئیں میں اترتے ہوئے دیکھا تھا۔

رنگیل پور کی رنگیلی گھوڑی شہر تو آ گئی تھی لیکن یہاں اس کے لیے جائے اماں کہیں نہیں تھی۔ اس کا ذہن خالی تھا جس میں اسے سناٹے کی گونج کے سوا اور کچھ سنائی نہیں دیتا تھا۔ اب تک تو وہ اپنے لیے خود ہی کہانی کا پلاٹ بناتی اور اسے ادا کرتی رہی تھی یہاں پہنچ کر اب اسے خود معلوم نہیں تھا کہ اس کی اگلی منزل کیا ہو گی۔ لاری اڈے سے نکل کر سامنے کی سڑک پار کر کے وہ انجانے راستوں پر گامزن تھی۔ شہر میں بڑی بڑی گاڑیاں، شور اور بے شمار مردوں کی ننگی نظریں اس کے تعاقب میں تھیں۔ اس کے چہرے پر خوف نہیں تھا۔ یہی وجہ تھی کہ وہ اس حالت میں بھی لطف اندوز ہو رہی تھی۔ اس کے پاس کوئی سامان یا گٹھری نہیں تھی بس ایک چھوٹا سا چرمی بٹوہ تھا جو اس نے اپنے سینے میں اڑس رکھا تھا۔ "ہوں ں ں ں۔۔۔ تو یہی وہ بٹوہ ہے نہ جو تم اب بھی سینے سے لگائے ہوئے پھرتی ہو۔" میں نے نوراں کی ٹانگوں سے سر اٹھاتے ہوئے بغلی میز پر پڑے ہوئے بٹوے کی جانب اشارہ کیا۔ "ہاں۔۔۔ اسلم پٹواری کی یادگار ہے یہ۔ اچھا منڈا تھا، سو جتیاں کھا کے بھی پاؤں نہیں چھوڑتا تھا میرے۔۔۔"

میری اس دن نوراں سے آخری ملاقات تھی، کبھی وہ زور زور سے ہنسنے لگتی اور کبھی

اس کی آنکھیں پانیوں سے بھر جاتیں۔ میں نے پہلی بار اسے روتے دیکھا تھا، اس کی آنکھوں کے گرد سائے سے بڑھتے جا رہے تھے۔ "زندگی کے دن کم رہ گئے ہیں باؤجی! ان دنوں قسم سے ماں بڑی یاد آتی ہے

"پیروں میں تو ہم بھی تمہارے بیٹھے ہیں سرکار۔" میں نے نوراں کی سڈول رانوں پر ہاتھ پھیرتے ہوئے کہا۔ "چل بھڑوے۔۔۔ تیری ماں کا سر۔" نوراں گالیاں بھی کچھ اس مزے سے دیتی تھی کہ مجھے برا نہیں لگتا تھا۔ "نوراں۔۔۔ اے نوراں۔۔۔ سچ سچ بتا تو تھکی نہیں اب تک۔ کیسی عورت ہے جو اتنے سارے مردوں کے ساتھ رہتے ہوئے بھی عاجز نہیں آئی۔ کس چیز کی گرمی ہے تیرے دماغ میں، آج تو بتا ہی دے۔" میں نے چارپائی پر چوکڑی مارتے ہوئے پوچھا۔ نوراں نے تیسرا سگریٹ سلگاتے ہوئے دھواں میری طرف اڑایا اور اپنے لہجے میں ساری بے شرمی سمیٹتے ہوئے بولی: "کیسا بنا سپتی مرد ہے تو۔۔ خالص ہوتا نہ تو اس وقت میری چھاتی پر چوکڑی مار کر بیٹھتا۔ میری مجال تھی جو میں کُسک جاتی۔" نوراں اپنی روانی میں میری مردانگی کو للکار کر حسب روایت مزہ لے رہی تھی۔ پھر بہت سے دن گزر گئے اور میں اس کی طرف نہیں گیا، نہ ہی اس نے ملنے یا بات کرنے کی زحمت گوارا کی۔ میں دن رات اسے سوچتا رہتا تھا، وہ میری سمجھ سے بالاتر تھی کیونکہ وہ چاہتی ہی نہیں تھی کہ کوئی اسے سمجھنے کی کوشش کرے۔ وہ اس گھوڑی کی طرح تھی جس پر بیٹھنے کی ہمت کرنا ہر سوار کے بس کی بات نہیں ہوتی۔ اس کم بخت کا حسن ماند ہی نہیں پڑتا تھا، ان دنوں وہ تیس کے پیٹے میں تھی اور دیکھنے میں بیس سال سے زیادہ کی نہیں لگتی تھی۔ مجھے اب اسے ملنے میں خوف محسوس ہونے لگا تھا اس کے چہرے پر عجیب سی ہسٹریائی کیفیت پیدا ہونے لگی تھی۔

میری اس دن نوراں سے آخری ملاقات تھی، کبھی وہ زور زور سے ہنسنے لگتی اور کبھی

اس کی آنکھیں پانیوں سے بھر جاتیں۔ میں نے پہلی بار اسے روتے دیکھا تھا، اس کی آنکھوں کے گرد سائے سے بڑھتے جارہے تھے۔ "زندگی کے دن کم رہ گئے ہیں باؤجی! ان دنوں قسم سے ماں بڑی یاد آتی ہے۔۔۔ لیکن دفع کروجی، اسے یاد کرکے کیا وقت ضائع کرنا۔ وہ کون سا کوئی کام کی عورت تھی۔۔ یہ ٹھکا ٹھک بچے پیدا کرنے پر لگی رہی۔ اسے کیا پتہ کہ مزہ کیا ہوتا ہے۔ جسم کیا ہوتا ہے۔" میں نوراں کو ہزیانی انداز میں بولتے ہوئے دیکھتا رہا مجھے معلوم تھا کہ وہ آج نشے میں ہے، میں اسے روکنا چاہتا تھا لیکن اس کی آنکھوں کے خالی پن نے مجھے سہا دیا۔ اگلے دن ابھی میں شیو کرکے فارغ ہی ہوا تھا کہ چنداکی کال نے میرے اندیشوں کو زبان دے دی۔ "باؤجی! چھیتی آجاؤجی، نوراں نے خودکشی کرلتی جےئ۔" اس سے آگے وہ کیا بولتی رہی مجھے کچھ یاد نہیں۔ میں موٹر سائیکل بھگاتے ہوئے اس تک پہنچا، جہاں اب اس کی لاش میری منتظر تھی۔ اس کی گوری چٹی کلائی خون نکل جانے کے بعد پیلی پڑچکی تھی۔ کمرے کے فرش پر اس کے باسی خون میں لتھڑا ہوا بلیڈ نظر آرہا تھا، چندا بائی مجھے کو اس کے مرنے کی داستان سنا رہی تھی: "رات آخری گاہک نکال کر منجی پہ پے گئی اے۔ میں نے پوچھا، طبیعت توٹھیک ہے تیری تو بولی، بس چنداا ج مزہ نئیں آیا۔۔۔ہائے پتہ نئیں کیہڑا بد بخت سی او۔" گلی کی نکڑ سے کسی پرانے گانے کی آواز بلند ہورہی تھی: "کون بجائے بانسریہ۔"

میں بوجھل دل کے ساتھ گھر کی طرف گامزن تھا۔ نوراں میرے لیے ایسی پہیلی تھی جو بنا سلجھائے ہی مرگئی۔ کاش میں عمر بھر اس کی چھاتی پر بیٹھا رہتا تو شاید وہ نہ مرتی۔ میرے اندر ایسے ہی باغی خیالات کی آندھیاں شائیں شائیں کرکے ماتم کر رہی تھیں۔ ہوسکتا ہے لوگ اسے ایسی بدمعاش عورت سمجھیں جو جیتے جی مردوں کی رسیا تھی لیکن اس کے دماغ کی کوئی تو کڑی ایسی ضرور تھی جو اس نے اپنے جادو سے چھپا رکھی تھی۔

مر داس کے لیے شراب کے نشے کی طرح تھے جنھیں وہ اتنا پی چکی تھی کہ اگر اس کے سامنے پانی کا گلاس رکھ دیا جاتا تو وہ اس کا ذائقہ کبھی محسوس نہ کر پاتی۔ نوراں وہ جادو گرنی تھی جسے اپنے ہی جادو نے خاک کر دیا کیونکہ جس عمر میں اسے گڑیوں سے کھیلنا چاہیے تھا وہ مردوں سے کھیلتی رہی۔

٭ ٭ ٭

میاں جی

شاہین کاظمی

بچپن کی ملائمت اور نرمی چہرے پر اُگنے والے روئیں نے کم کر دی تھی۔ اُس کی جگہ ایک عجیب سی جاذبیت نے لے لی تھی گو میاں جی اُسے منع کیا تھا کہ ابھی اُسترا نہ مارے لیکن اُسے چہرے پر اُگا ہوا بے ترتیب جھاڑ جھنکار اچھا نہیں لگتا تھا اپنے ایک دوست کی مدد سے اِس روئیں سے چھٹکارا پانے کی کوشش میں چہرے کو تین چار جگہوں سے زخمی بھی کر بیٹھا تھا اِس کی حالت دیکھ کر میاں جی نے بے بھاؤ کی سنائیں وہ سر جھکائے خاموشی سے ڈانٹ سنتا رہا

"چلو جاؤ اور جو کہا جائے اُسے سُنا بھی کرو"

میاں جی سخت ناراض تھے

"جی میاں جی"

اُس نے سعادت مندی سے جواب دیا

میاں جی اِس چھوٹے سے گاؤں کی اکلوتی مسجد کے پیش امام گاؤں کے لوگوں کے روحانی پیشوا، قاضی استاد، طبیب اور غمگسار، سبھی کچھ تھے سب بے جھجک انھیں اپنے مسائل اور دکھڑے سنایا کرتے تھے ان کی آمدنی کا واحد ذریعہ گاؤں والوں کی طرف سے مقررہ کردہ معمولی سی وظیفے کی رقم کے ساتھ ساتھ وہ تحائف بھی تھے جو سال بھر انھیں

گندم اور دوسری اجناس کی صورت میں ملا کرتے تھے۔۔ دودھ، دہی، اور لسّی کی علاوہ تازہ پکا ہوا کھانا بھی اس وظیفے میں شامل تھا۔ اب دو بندوں کے اخراجات ہوتے ہی کتنے ہیں میاں اکثر اجناس یا تو اطراف کے گاؤں میں ضرورت مندوں میں بانٹ دیا کرتے یا کبھی کبھار اپنی کسی ضرورت کو پورا کرنے کے لیے فروخت کر دیا کرتے تھے گاؤں میں بچوں بچیوں کا قرآنِ پاک پڑھانا، غمی خوشی کے وقت دعائیں دینا اور جھگڑے نبٹانا میاں جی کے فرائض میں شامل تھا جسے وہ بڑی خوش اسلوبی سے سر انجام دے رہے تھے

دو سال کے بن ماں کے بچے کو کندھے سے لگائے میاں جی آج سے تیرہ سال قبل اِس گاؤں میں آئے تھے اور ایک کمرے پر مشتمل اِس کچی مسجد میں پہلی بار اذان دے کر خود ہی نماز پڑھی تھی۔ اِس کے بعد گاؤں والوں انھیں کبھی کہیں جانے نہ دیا وہ کون تھے کہاں سے آئے تھے نہ کبھی کسی نے جاننے کی کوشش کی اور نہ ہی میاں جی نے بتانے کی جیسے ایک خاموش معاہدہ سا ہو اِس عرصے میں نہ تو میاں جی سے کوئی ملنے آیا اور نہ وہ کہیں گئے اُن کی بڑے سے بڑی تفریح کسی قریبی گاؤں کی چوپال میں شمولیت ہوا کرتی تھی اُن کی معاملہ فہمی، تدبر اور متحمل مزاجی وجہ سے آس پاس کے گاؤں میں اُن کی بہت عزت تھی

سعید پندرہ برس کا ہو چکا تھا اُس کی خوبصورت اٹھان، پُر کشش خدوخال اِسے گاؤں کے باقی لڑکوں میں نمایاں کرتے تھے۔۔ گاؤں میں بچیوں اور بچوں کے ساتھ مسجد کے کچے صحن میں ہل ہل کر سیپارہ پڑھتے ہوئے وقت کتنی تیزی سے گزرا اُسے اندازہ ہی نہ ہوا۔ چلچلاتی دوپہروں میں باغوں کے گھنے سائے میں چُرائے ہوئے پھل کھانا، غلیل سے گرمی گھبرا کر درختوں کی اُوٹ میں چھپے پرندوں کو تاک تاک کر نشانہ بنانا، نہر کے پانی میں شرطیں باندھ کر غوطے لگانا جیسے خواب سا ہو گیا تھا۔

میاں جی نے اُسے قریبی قصبے کے کالج میں داخلہ کیا دلوایا وہ اپنے گاؤں سے جیسے لاتعلق سا ہو کر رہ گیا شام ڈھلے جب وہ سائیکل پر چار میل کا سفر کر کے گھر آتا تو جوڑ جوڑ دکھ رہا ہوتا تھا، نمازیں بھی نہایت بدلی سے پڑھتا اور سرِ شام ہی لمبی تان کر سو جاتا۔

اُس دن رانو میاں جی کے لئے کھیر لائی تھی وہ بھی اِسی کی ہم عمر تھی۔ سرخ لان کے سوٹ میں اِس کا رنگ کھلا پڑ رہا تھا بڑی بڑی آنکھوں میں بسا کاجل، ڈوبتے سورج کی زرد شعاعوں نے اُس کے گالوں کو جیسے دہکا دیا تھا۔ کھیر کا پیالہ اُس کے ہاتھ سے لیتے ہوئے غیر ارادی طور پر اِس کی انگلیاں رانو کے ہاتھ سے مَس ہو گئیں اِسے لگا جیسے اِس نے بجلی کی ننگی تاروں کو چھُو لیا ہو سانسیں سینے میں اٹکنے سی لگیں جسم میں دوڑتی سنسنی اسے کوٹھڑی تک آنا مشکل ہو گیا وہ تو شکر ہوا میاں جی مغرب کی نماز کے لئے وضو کر رہے تھے اِس نے جلدی سے کھیر کا پیالہ اندر رکھا اور اذان کے لئے مسجد کی طرف چل پڑا۔

اِس کے لئے یہ تجربہ بہت انوکھا اور پریشان کُن تھا اِسی رانو سے ہزار بار جھگڑا ہوا تھا وہ قرآن پڑھنے میں سب سے تیز تھی میاں جی کا بتایا ہوا ایک بار کا سبق اُسے کبھی نہیں بھولا تھا جبکہ اِس نے اور باقی بچوں نے بارہا میاں جی سے چھڑیاں کھائی تھیں اسی لئے سب رانو سے چڑتے اُسے رٹو طوطا اور میاں جی کی چمچی کہا کرتے تھے سعید نے اُسے کبھی بھی کسی کی بات پر غصہ کرتے نہیں دیکھا تھا ایسے ظاہر کرتی جیسے اِس نے کوئی بات سُنی ہی نہ ہو اور یہ بات بچوں کو چِڑانے کے لئے کافی تھی

سعید کی رانو سے کبھی نہیں بنی وہ اِسے بہت بری لگتی تھی میاں جی اُس کا سبق سن کر اُسے باقی بچوں کا سبق سننے کو کہا کرتے تھے اِس وقت وہ سب سے دل کھول کر اپنا سارا غصہ نکالا کرتی، معمولی معمولی غلطی پر میاں جی سے شکایت لگا دیتی سعید نے اُس کی وجہ سے اکثر میاں جی سے مار کھائی تھی۔

آج جو کچھ ہوا تھا سعید اُسے سمجھنے سے قاصر تھا کہیں اندر کھلبلی سی مچ گئی تھی، وہ اپنی اِس کیفیت کو سمجھ نہیں پا رہا تھا

"کیا بات ہے سعید سب ٹھیک تو ہے نا؟"

میاں جی نے اِس کی خاموشی بھانپ لی، وہ ایک دم چونک گیا

"جی میاں جی"

وہ آہستگی سے بولا

"اتنے چپ کیوں ہو" وہ مطمئن نہ ہو سکا

"سر میں درد ہے"

اُسے اور کوئی بہانہ نہ سوجھ سکا

"دھوپ کی وجہ سے ہو گا کچی لسی بناتا ہوں پی لینا آرام آ جائے گا"

میاں جی کے پاس ہر مسئلے کا حل موجود تھا

"یہ لو" وہ بڑا سا گلاس اُسے تھماتے ہوئے بولے"

پی لو ان شاء اللہ آرام آ جائے گا

"میاں جی"

وہ شرمندہ سا ہو گیا" میں خود بنا لیتا"

"کیوں میرے ہاتھ کی پسند نہیں ہے کیا"

وہ ہلکا سا مسکرائے اور کچھ پڑھ کر اُس پر پھونک دیا۔

"چلو اب پی لو"

انھوں نے بہت شفقت سے اُس کے سر پر ہاتھ پھیرا

آتے جاتے اکثر رانو سے ملاقات ہو جاتی، وقت کے ماہر ہاتھوں نے رانو کے ہونٹوں

پر گلاب دہکا دیئے تھے، گال لَو دینے لگے تھے اٹھتی جھکتی لانبی پلکیں دل میں ترازو ہوئی جاتی تھیں، سعید اُسے دیکھتے ہی جیسے بن پیئے بہکنے لگتا

وہ انٹر کر چکا تھا اور میاں جی سے مار مار کھا کر پندرہ سیپارے بھی حفظ کر لئے تھے، قصبے کا واحد کالج صرف انٹر تک ہونے کی وجہ سے میاں جی اُسے شہر بھیجنے کا سوچ رہے تھے

"پر میاں جی میں وہاں رہوں گا کس کے پاس؟"

اُسے میاں جی کا یہ آئیڈیا بالکل پسند نہیں آیا تھا

"دوسرا میں آپ کو اکیلا چھوڑ کر جانا نہیں چاہتا"

اُس نے میاں جی کو صاف جواب سنا دیا

"جانا تو پڑے گا میرے بچے کہ کوئی اور حل ہے نہیں"

میاں جی اُس کی ناراضی کو نظر انداز کرتے ہوئے بولے "میں نہیں چاہتا کہ تم میری طرح یہاں مسجد میں ہی زندگی گزار دو، خدا کی دنیا بہت وسیع اور خوبصورت ہے، تمہیں بہت پڑھنا ہے، میں نے ملک صاحب کو خط لکھا ہے وہ تمہارے رہنے سہنے کا انتظام کروا دیں گے"

"کون ملک صاحب؟"

سعید نے پہلی بار اُن کے منہ سے کوئی نام سنا تھا

"ہیں ایک اچھے وقتوں کے مہربان"

لیکن وقت نے میاں جی مہلت نہ دی رات سوئے تو اتنی گہری نیند کہ ٹوٹ ہی نہ سکی صدمے نے ہلا کر رکھ دیا ابھی تو اس نے چلنا ہی سیکھا تھا کہ میاں جی نے ہاتھ چھڑا لیا اُس کی کیفیت اس ننھے بچے کی سی تھی جو بھرے میلے میں اپنی ماں سے ہاتھ چھڑا بیٹھے

چاروں طرف اجنبی چہرے، انجان لوگ وہ چیخ چیخ کر رونا چاہتا تھا لیکن آنکھیں جیسے بنجر ہو گئیں گاؤں کے لوگوں نے بہت محبت سے اس کے زخم پر پھاہے رکھنے کی کوشش کی، دھیرے دھیرے اُسے بھی قرار آتا گیا، میاں جی کے چالیسویں کے بعد اُسے میاں جی گدی سونپ دی گئی اور اٹھارہ سال کی عمر میں وہ سعید سے میاں جی بن گیا

دروازے پر دستک ہوئی تو وہ چونک گیا، سامنے رانو کھڑی تھی، "میاں جی یہ اماں نے بھیجا ہے "اس کے لہجے میں وہی عزت واحترام تھا جو کبھی میاں جی کے لئے ہوا کرتا تھا وہ کپڑے سے ڈھکا ڈونگا اس کی طرف بڑھاتے ہوئے بولی

"تم مجھے میاں جی کیوں کہتی ہو"

سعید کے لہجے میں الجھن تھی

"تو اور کیا کہوں، آپ میاں جی ہی تو ہیں"

رانو کی آواز میں شوخی تھی

سعید نے ایک نظر اُسے دیکھا، گہرے نیلے سوٹ میں اس کی رنگت کھلی پڑ رہی تھی، بھرے بھرے ہونٹوں پر تھرکتی مسکان اور آنکھ کا کاجل سعید کا ایمان لوٹنے کو کافی تھے

"اچھا اب تم جاؤ"

سعید نے ڈونگا پکڑ لیا اسے اپنے سینے میں مچلتے دل سے خوف آنے لگا تھا، کمبخت قابو سے باہر ہوا جا رہا تھا

وقت جیسے تھم سا گیا تھا دن تو ہنگاموں کی نذر ہو جاتا لیکن رات تمام تر وحشتیں لیے پہلو میں آن بیٹھتی۔ بلب کی مدھم سی زرد روشنی میں دیواروں پر ناچتے سائے زندہ ہو جاتے اور اپنی نوکیلی انگلیوں اور تیز دھار ناخنوں سے اسے نوچنے لگتے، وہ ہر رات تنہائی

کے ان خوفناک بھتنوں سے لڑتے لڑتے گزار دیتا، دن سارے ان چاہے ہنگام ساتھ لے کر آتا، وہ اکتانے لگا۔

ایسے میں رانو کا خیال جیسے واحد سہارا تھا وہ اپنی تمام تر خوبصورتیوں سمیت جب تصور میں وارد ہوتی تو وہ کچی کوٹھڑی کسی شیش محل میں تبدیل ہو جاتی مدقوق روشنی والا مریل بلب چودھویں کے چاند کی سحر آگیں روشنی لٹانے لگتا، کچی بدرنگ دیواروں پر ہزاروں رنگ جھلملانے لگتے سعید رانو کا ہاتھ تھامے خواب وادیوں میں اتر جاتا جہاں جھرنوں کا مترنم پانی اُلفت کے سرمدی سُر چھیڑ دیتا، فضاؤں میں نغمگی سی گھل جاتی، ہوا رقص کرنے لگتی، کلیوں کے نازک لبوں پر مسکان بکھر جاتی اور مخملیں سبزے پر تھرکتی چاندنی بیخود ہو اپنے بلوریں جام بھر بھر محبت کرنے والی روحوں کو چاہت کی مے بانٹنے لگتی، تشنگی مٹنے لگتی اور روح بیخود میں درِ عشق پر دھمال ڈالنے لگتی

اس کے پور پور میں اکتاہٹ اتر آئی تھی، انتہائی بے دلی سے نمازیں بھی ادا کرتا معمولی غلطی پر قرآن پڑھنے کے لیے آنے والے بچوں کو روئی کی طرح دھنک کر رکھ دیتا اور بعد میں انھیں بہلاتے ہوئے خود بھی سسک پڑتا

وہ اس ماحول سے بھاگنا چاہتا تھا لیکن کہاں ؟ یہ سوال اس کے قدم جکڑ لیتا اس کی تعلیم کا سلسلہ موقوف ہو چکا تھا دن رات مسجد حجرے میں پڑا رہتا، اسے لگتا شاید وہ بھی انھی کچی دیواروں کا حصہ ہے بھدا، بدرنگ اور کھردرا، اپنی بیزاری کہ وجہ سمجھنے سے وہ خود بھی قاصر تھا اسے مسجد اور اس کے خاموش ماحول سے وحشت ہونے لگی عجیب مفلوج کر دینے والی یاسیت تھی اک بے نام اداسی اسے لگا وہ پاگل ہو جائے گا وہ اپنے ہی بال نوچنے لگتا

اس دن جب بڑے چودھری جی نے شادی کی تجویز اس کے سامنے رکھی تو وہ

چونک اٹھا،

"ہاں میاں جی، بڑے میاں جی ہوتے تو سب خود دیکھ لیتے لیکن اب ہمیں ہی کچھ کرنا ہو گا اگر آپ رضامند ہوں تو بات چلاؤں ؟ظ

"" چودھری جی۔۔۔۔۔۔۔۔۔ وہ۔۔۔۔۔۔۔۔۔ میں۔۔۔۔۔۔۔۔۔۔۔۔۔۔۔۔

سعید گڑبڑا گیا

"اگر کوئی لڑکی نظر میں ہو تو بتا دیں ورنہ میں اپنے طور پر کچھ کرتا ہوں"

چودھری جی سنجیدگی سے بولے

"بھاگ بھری کی بیٹی رانو کے بارے میں کیا خیال ہے ؟ بہت سگھڑ لڑکی ہے"

سعید کو لگا دل ابھی پسلیاں توڑ کر باہر نکل آئے گا، اسے سینے میں سانسیں اٹکتی ہوئی محسوس ہوئیں

"آپ نے جواب نہیں دیا؟"

چودھری جی نے پھر پوچھا

"چودھری جی میں کیا بولوں، آپ بڑے ہیں جیسا مناسب لگے کریں"

سعید نے سارا معاملہ اُن پر ڈال دیا

"ٹھیک ہے میاں جی میں بات کرتا ہوں ربّ سوہنا بہتر کرے گا

وہ مصافحہ کر کے باہر نکل گئے

سعید کے اندر ہلچل مچ گئی تھی، وہ کوئی بھی فیصلہ کرنے سے پہلے رانو کی مرضی جاننا چاہتا تھا، شام کو جب وہ کھانا لے کر آئی تو سعید نے اسے روک لیا

"رانو ایک بات پوچھوں"

اُس نے بہت جھجھکتے ہوئے کہا

"جی میاں جی ضرور"

"مجھ سے شادی کرو گی؟"

سعید کی آواز کپکپا رہی تھی رانو ایک دم چپ ہو گئی

"کیا ہوا تم نے جواب نہیں دیا؟"

"میاں جی مجھے ہر گھر کا پکا ہوا کھانا اچھا نہیں لگتا"

رانو کی آواز بہت دھیمی تھی

٭ ٭ ٭

جنت بدر

احمد داؤد

"میں چھپ کر دیکھوں گا۔۔۔۔۔۔۔۔اور تم عشق کرو"۔۔۔۔۔۔۔۔۔۔۔

اس نے میرا منہ میٹھے سے بھر دیا اور کپڑوں پر عطر چھڑک کر خود ستون کی اوٹ میں چلا گیا۔ جس طرح تھوڑی دیر قبل چاند دیوار کی آڑ میں جا کر ہماری خاطر تاریکی پھیلا گیا تھا۔ اس محفوظ تاریکی تلے، یخ گھاس پہ ہمارے جسم موسم سے بے نیاز اپنی اپنی نیاز بانٹنے کو تیار تھے۔

ہم محفوظ اندھیرے میں بیٹھے جوان جسموں والی مخلوق، ست برگے کے پھولوں کی باس میں گم، ان حیران آنکھوں کی آرزو سے بے خبر تھے جو ستون کی پرلی طرف ہمیں دیکھ رہی تھی۔ دو چور آنکھیں جو لوگوں کو عشق کرتے دیکھتی ہیں ہمارے سروں پہ سایہ کئے ہوئے تھیں۔ کبھی کبھار ہم اونچی آواز میں بولنے لگتے تو میں اس کی پریشانی کا احساس کر کے اداس ہو جاتا۔ وہ بوڑھا شخص، جس کا بچپن یتیم خانوں کے دریچوں اور مسجد کے حجروں سے ہوتا ہوا رہن رکھی جوانی کے آنگن میں جھلس گیا تھا۔ اپنی بھوک کا کشکول لیے راتوں کو گلیوں میں گھوما کرتا تھا۔ بند دروازوں کے اندر چرچراتی مسہریوں بولتی شکنوں اور اقرار وانکار کے لمحوں میں کھلے جسموں کو اپنے شفیق سائے کا تحفظ دیتا۔

چوکیداروں کی آہٹ سن کر وہ کتے کی طرح دہرا ہو جاتا اور کتے کے بھونکنے پہ وہ بلی

بن کر پرنالے پر چڑھ جاتا اور یوں ایک طویل عرصے تک وہ گشت کرنے والے بے رحم لوگوں سے محفوظ رہا۔۔۔۔۔ مگر کب تک۔۔۔۔۔ ایک دن یا ایک رات کہ دن اور رات اس کے جسموں کے انمول ملاپ کی آندھی میں ڈھل چکے تھے۔۔۔۔۔ وہ پکڑا گیا۔۔۔۔۔ تب گشت کرنے والوں نے اس کے نورانی چہرے پہ کالک مل دی یہ دیکھے اور جانے بغیر کہ اسکے رفیق سائے کی پناہ میں لوگ بدن کا وظیفہ کرتے ہیں۔ اور اب وہ رسوائی کی پوشاک اوڑھے شہروں سے دور قدیم محلوں کے کھنڈرات باغوں کے گنجان کنجوں اور پہاڑوں کی کھوہ میں لوگوں کو مٹھائی، کھلونے، عطر، تعویذ اور دعائیں دیتا ہے اور کہتا ہے

"تم عشق کرو اور میں تمہیں دیکھوں گا"

"کوئی ہمیں دیکھ نہ لے؟" اس نے میرے پہلو میں پڑے پڑے اپنے بالوں میں چہرہ چھپاتے ہوئے کہا

"دیکھنے والی آنکھیں رہن رکھی جا چکی ہیں۔"

میں نے اسکا چہرہ بالوں کی بدلی سے نکال کر ہتھیلیوں کی محراب میں سجا لیا

"کوئی ہماری باتیں سن نہ لے۔"

"سننے والے کان۔۔۔۔۔"

میں نے اپنے لبوں سے اسکے کان کی لو کو حدت بخشی

"چھوڑو، ہٹو، تمہیں تو عشق کرنا بھی نہیں آتا۔"

"عشق۔۔۔۔۔ کیسے کیا جاتا ہے؟"

میں نے اس کے بدن کو دور ہوتی چاندنی کے روبرو کھڑا کر دیا۔"

"یوں۔۔۔۔۔ اس طرح۔۔۔۔"

اس نے اپنے لبوں سے میری زبان کو سہارا دیا۔ نوکیلی بھیگی زبان جو سانپ کے منہ سے نکل کر میرے تالو میں آ جڑی تھی۔۔۔ سرسرانے لگی۔۔۔۔ لہرانے لگی۔۔۔۔۔ اسکے چمکیلے کٹیلے دانتوں تلے میری زبان نے لذت کے ان گنت پھول کھلتے محسوس ہوئے۔

"اس طرح"

سینے کے سنگ مرمر بے نام سروں کا نغمہ الاپنے لگے۔ ان کہی داستانوں کو عیاں کرتے ہم دونوں۔۔۔۔ سکون کی پرلی طرف چور مہربان آنکھوں کی سسکیوں سے بے خبر وقت کو چٹکیوں میں مسلتے رہے۔

ستارے بہت نیچے آ چکے تھے۔ درختوں کے آلنوں میں پرندے پروں کی گرمائش اوڑھے حیرت کی مہین آنکھوں میں دیکھ رہے تھے۔ اور جب تھوڑی دیر بعد میں نے یکسانیت سے اکتا کر پہلو بدلا تو وہ بولی

"تمہیں تو پیار کرنا بھی نہیں آتا۔ پتہ ہے عشق کیا ہے؟"

"کیا ہے اور کیسے کیا جاتا ہے؟"

"عشق" اسنے بازو کھول کر ہوا کا راستہ کاٹا۔

"عشق کی دید آدمی کو مار دیتی ہے۔۔۔۔ ہر ایک اس کا متحمل نہیں ہو سکتا"

"اچھا۔"

"ہاں۔" اسکے پھیلے بازووں نے ستاروں کو آغوش میں بھرا اور پھر میرے گلے کا ہار بنا کر اپنے سینے کے چاند کو میرے ہونٹوں کے افق پر طلوع کیا تب ہم لپک کر چاند کی زمین پر اتر گئے۔ پرانے کھنڈرات، باغوں کی روش، محل کی ٹوٹی محرابیں اور ستون کی اوٹ میں روتا بوڑھا، ہر شئے اپنی محرومی کا راگ الاپ رہی تھی۔

"سنا ہے چاند پر چرخہ کاتنے والی ایک بڑھیا ہوتی ہے۔"

"ہاں۔"

"اس کا بوڑھا کہاں گیا؟"

"زمین پر آگرا ہے۔ اس سے جدا ہو گیا ہے۔"

"اس کا گذر کیسے ہوتا ہے؟"

"بڑھیا کا گذر کیسے ہوتا ہے؟"

"ہٹو۔ پرے ہٹو۔ تمہیں تو پیار کرنا نہیں آتا۔"

"پیار کرنا تو بڑھیا کو بھی نہیں آتا تھا۔"

"میں تمہیں سکھاوں؟"

تب ہم دونوں پھر

اچانک ہمارے قریب، ستون کی اوٹ میں، کسی نے ہچکی بھری اور خامشی مزید گہری ہو گئی۔

"کون ہو سکتا ہے؟" اس نے ہولے سے کہا۔

ہم دونوں لپک کر ادھر کو گئے۔

ہماری نظروں کے سامنے ستوں سے ٹیک لگائے چاند کا بوڑھا رخصت ہو رہا تھا۔

"یہ۔۔۔ یہ تو مر رہا ہے" میرے لبوں سے نکلا۔

"یہ ہمیں دیکھتا رہا ہے" وہ بولی، "یہ تاب نہیں لا سکا ناں۔ اس لیے یہ مر گیا ہے۔ عشق کی دید آدمی کو مار دیتی ہے۔۔۔۔ مگر آو۔۔۔ چھوڑو۔ تمہیں عشق کرنا سکھاوں۔ تمہیں تو ہر چیز سکھانی پڑتی ہے۔"

پارکوں کے تاریک کونوں، اجڑے ہوئے باغوں، محلوں کے کھنڈروں اندر، قدیم

شہر کی بوسیدہ گلیوں میں۔۔۔۔۔۔ جہاں کہیں ہمیں کوئی تنہا بوڑھا ملتا ہے ہم اسکی ہر ضرورت پوری کرنے میں منت کرتے ہیں اور کہتے ہیں

"ہم عشق کریں گے۔۔۔۔۔۔ اور تم ہمیں دیکھتے رہنا۔"

دراصل ہم جنت سے نکال دیئے گئے ہیں۔

٭٭٭

شکتی

ڈاکٹر سلیم اختر

کنول کے پھول اور تھالیوں جیسے چوڑے پتے ہٹا کر چہرہ دیکھا تو حیرت سے آنکھوں کو پھیلتے پایا۔۔۔۔ یہ میں ہوں۔ اس کی آنکھوں نے اپنی آنکھوں کے دریچوں میں جھانکا تو وہاں کمزوری کی پر چھائیاں لرزتی دیکھ کر خوفزدہ ہو گیا۔۔۔۔۔ یہ مجھے کیا ہو گیا؟ ہوا کی سلوٹوں کے بغیر پانی سفید چادر کی مانند تھا سفید اور سرخ کنول کے پھولوں اور گہرے سبز پتوں والی چادر میں چہرہ کسی اور ہی شاخ کا زرد پھول تھا وہ اور اس کا سایہ ایک دوسرے کو گھورتے رہے خوف کن آنکھوں میں زیادہ تھا۔ اس کی یا سایہ کی؟ بالوں پر ہاتھ پھیرا تو مردہ بیلیں چھو لینے کے احساس نے جسم میں کراہت کی لہر دوڑا دی۔ ان کی سیاہ چمک کس نے چرا لی ہے؟ وہ ریشم کہاں گیا جو کنواریوں کے سہلانے کے لئے تھا؟ اس نے بیچارگی سے بالوں کو ٹٹولا تو ایک گچھا ہاتھ میں آ گیا۔ اس نے دہشت زدہ ہو کر یوں پھینکا گویا ہاتھ میں مکڑی کا جالا آ گیا ہو۔ بازو ٹٹولے تو پتھریلا گوشت انگلیوں سے دبتا چلا گیا۔ سینے پر ہاتھ دھرا تو دھڑ کن یوں ٹھٹھکی گویا دل اپنانہ تھا یا ہاتھ پرایا تھا۔ اور رانیں؟ درخت کے تنے جیسی مضبوط رانیں گویا نچڑ چکی تھیں۔ نگاہ نیچے سرکی، ہاتھ ٹھٹھکا، اسکی شکتی کا جھولا چوسا پھل تھا کہ مجرم پھول؟

خالی خالی آنکھوں سے بے شکن پانی میں چہرے کی شکنوں کا جائزہ لیا اور لرز

گیا۔۔۔۔۔۔خواب تھا یا خیال تھا۔ کیا تھا؟۔ سوچتا رہا۔ ذہن جیسے گزرے نشے کی لہروں پر ڈوبتے ہوئے بلبلے کی مانند تھا جو ہوا کی گرہ پر زندہ ہو مگر جس ہوا کی زندگی کی گانٹھ کا اور چھور نہ ہو۔ اس نے گھٹنوں پر ہاتھ رکھ کر اٹھنا چاہا مگر ٹانگوں نے جسم سنبھالنے سے انکار کر دیا۔ ٹھنڈی ہوا میں جنگل کی باس گویا تھپکیاں دے رہی تھی پرندوں کی چہچہاہٹ گھل مل کر گویا لوری بن گئی۔ سامنے پانی کے آئینے میں اس نے آنکھوں پر پپوٹوں کو گرتے دیکھا تو سر جھٹک کر آنکھوں کو سہلاتی انگلیوں کو گویا جھٹک دیا مگر اسے یہ بھی ناگوار لگا۔ جی چاہا پانی کنارے ان پودوں کی سنگت میں وہ بھی زمین میں پاؤں دھسائے بیٹھا رہے، بیٹھا رہے حتیٰ کہ سر کی بیلوں میں چڑیا بسرام کرے۔

شفق شام میں گھل کر درختوں کو سرخ کر رہی تھی پرندوں کی بھاشا سے جنگل گونج رہا تھا اس کے قریب جھاڑی سے ایک ہرن نے گردن نکالی، دونوں کی آنکھیں چار ہوئیں تو ہرن کی سرمئی آنکھ میں اس کی تصویر ابھر آئی۔ اس نے کانوں کو ہلا کر سنا تو کہیں کوئی مشکوک آواز نہ تھی۔ تب اس نے اطمینان سے گردن جھکائی اور پانی پینے لگا۔ پیاس ابھی ختم نہ ہوئی تھی کہ وہ چونکا۔ کان ہلائے۔ بے چین آنکھوں سے اسے دیکھا تو پانی کے قطرے ٹپک رہے تھے۔ اگلے لمحے اسنے چوکڑی بھری اور پھیلتے سایوں کی دھند میں چھپ گیا۔ تب اس نے سفید اور سرخ کنول کے پھولوں اور گہرے سبز پتوں والی چادر پر اس کا عکس ابھرتے دیکھا میں۔ دونوں کی آنکھیں ملی تو وہ مسکرادیں۔ گردن اٹھا کر دیکھا تع عجیب مسکراہٹ تھی، آنکھوں میں تھی مگر ہونٹوں پر نہ تھی۔

مرد نے کچھ کہنا چاہا مگر ہونٹوں کے کنارے کپکپا کر رہ گئے۔ عورت کے سر پر بالوں کا جنگل تھا اور اسی جنگل نے جسم کا شہر ڈھانپ رکھا تھا۔ اس نے اس شہر کی یاترا کی تھی۔ ایسی یاترا کہ تیرتھ پر پہنچا، ہر گھاٹ دیکھا اور تراوٹ کا اشنان کیا۔ وہ ایسی یاترا تھی کہ پل،

جگ میں تبدیل ہو جائے اور ایسا جگ کہ جیون کا روپ دھار لے۔ خواب تھا یا خیال تھا کیا تھا؟۔۔۔۔۔ گزری لذت کی کپکپی نے کھنڈر جسم کی بنیاد میں بھونچال برپا کر دیا۔

وہ اس کے سامنے کھڑی تھی خاموش ساکت۔ صرف آنکھیں تکے جا رہی تھیں۔ پلک جھپکائے بغیر۔۔۔ ابتدا میں ان آنکھوں کی مسکراہٹ برقرار تھی۔ اس نے زور لگا کر اٹھنا چاہا، اس عورت کی خاطر، اپنی خاطر مگر وہ اٹھ نہ سکا۔ تب نگاہ اپنے پاوں پڑی جن میں سنہری چیونٹیوں اور سیاہ چیونٹیوں کی قطاریں گھسی جا رہی تھیں۔ چیخنے کو منہ کھولا مگر حلق سے آواز نہ نکلی۔ مرد نے مدد کے لئے عورت کی جانب ہاتھ بڑھانا چاہا مگر آنکھوں کی مسکراہٹ دیکھ کر ٹھٹھکا۔ ہاتھ نے اٹھنے سے انکار کر دیا۔

عورت نے دھکا دیا تو وہ کٹے ہوئے تنے کی مانند ڈھے گیا۔ شفق اور شام ہاتھ پکڑے رات کی جانب دوڑے جا رہی تھیں۔ عورت جب جھکی تو مرد نے اس کی آنکھوں میں جھانکا جن میں اب مسکراہٹ کی بجائے جنگل کی شام کے تمام سائے سمٹ آئے تھے۔ وہ اور جھکی تو بال دونوں پر جنگل بن کر چھا گئے اور تب مرد کی دہشت سے پھٹی آنکھوں نے عورت کی مٹھی کھلتی دیکھی۔ اس کی انگلیاں دیکھیں، اس کے ناخن دیکھے۔ اس نے تو کبھی یہ ہاتھ نہ دیکھا تھا۔ اس نے تو کبھی یہ انگلیاں نہ دیکھی تھیں۔ اسنے تو کبھی یہ ناخن نہ دیکھے تھے۔ اس نے اسے روکنا چاہا مگر اب جیسے جسم کا کھوکھلا تنا اور چیونٹیوں کا شہر بن چکا تھا۔ ادھر عورت کے ناخن ریتی بن کر مرد کا سینہ چیر رہے تھے۔ وہ نہایت اطمینان سے یہ کام کر رہی تھی۔ اس نے دونوں ہاتھوں سے پکڑ کر کھال کو دونوں جانب کھینچا تو پسلیوں کے پنجرے میں پکھیرو دل بے قرار پایا۔ وہ گہرے انہماک سے دیکھتی رہی۔ اسکی آنکھوں میں اب جگنو تھے اور نیم وا ہونٹوں سے سانس بھاپ بن کر خارج ہو رہی تھی۔ پسلیوں کا پنجرہ ٹوٹا تو عورے ہاتھوں میں دل نے آخری پھڑ پھڑاہٹ لی۔ اب وہ خاموش پکھیرو تھا۔

وہ ہاتھوں میں لیے اسے دیکھتی رہی۔ وہ کھلونا تھا کہ پھل؟ محبت تھی کہ زندگی؟ تب سیاہی میں اسکے سفید دانت چمکے۔ اس نے گرم دل کی ہموار سطح پر رگڑ کر دانت تیز کیے۔ اور پھر اس نے دانت دل میں اتار دیے۔ جیسے جیسے دل چباتی گئی، لہو میں گرمی بڑھتی گئی۔ اور خون کی گردش میں جیسے بھنور پڑنے لگے۔ جیسے تب اس نے مرد کا پھل توڑا جو بہترین ہے اور اسی لیے لذیذ ترین بھی۔ مرد کی شکتی اس کی رگوں میں پٹھوں میں عضوں میں اور ماس اور مسام میں ناخنوں اور بالوں میں، تمام جسم میں جو الا مکھی جگا رہی تھی۔

ہوا ساکت تھی بجلی سے جلے ٹنڈ منڈ درخت پر الو خموش تھا۔ اڑتی چمگادڑیں فضا میں ٹھہری ٹھہری لگ رہی تھیں۔ سنیچنگل چاندنی کی چادر اوڑھے سو رہا تھا۔ عورت کام ختم کر کے جب مرد کے جسم پر سے اٹھی تو گویا اٹھتی ہی چلی گئی۔ آنکھوں کے جگنو اب شعلوں میں تبدیل ہو چکے تھے۔ پرکٹی جوانی کی لو تھی تو ہونٹوں پر سرخی کا تاج۔ اس نے بھرپور انگڑائی لی تو محسوس کیا وہ سارا جنگل اپنے بازوؤں میں لے کر اسے مروڑ سکتی ہے۔ اوپر چاند دیکھا تو سوچا وہ جب چاہے اسے توڑ کر نیچے پھینک سکتی ہے۔

وہ صدیوں سے سفر میں تھی، سفر کی صدیاں شکتی بغیر کیسے کٹ سکتی تھیں۔۔۔۔ بالکل اسی طرح جیسے آنے والی صدیوں کا سفر شکتی کے بغیر طے کرنا ممکن نہ تھا۔

اور تب جسم اچانک کمان کی طرح تن گیا۔ حساس کانوں نے آواز سنی تھیں۔ جوان مردوں کی آوازیں، ایک مرد کی آواز۔۔۔ مردانگی کے نشے میں ڈوبی گونجیلی آواز۔۔۔ وہ ادھر ہی آ رہے تھے اور پھر وہ سب ٹھٹھک کر کھڑے ہو گئے۔ ان کے سامنے درخت کے تنے سے لپٹی بیل اوڑھے سندرتا کھڑی تھی جس نے جھکا سر اٹھایا تو آنکھوں کی ڈور ان میں سے ایک کو باندھ چکی تھی۔

***

گیند

چترا مدگل

"انکل۔۔۔ او انکل!۔۔ پلیز۔ سنئے نہ انکل۔۔۔!" تنگ سڑک سے تقریباً متصل بنگلے کی فینسنگ کے اس جانب سے کسی بچے نے انہیں پکارا۔ سچدیوا جی ٹھٹھکے، آواز کہاں سے آئی؟ غور کیا۔ کچھ سمجھ نہیں پائے۔ کانوں اور گنجے سر کو ڈھکے کس کر لپیٹے ہوئے مفلر کو انہوں نے تھوڑا ڈھیلا کیا۔ ذیابیطس کا سیدھا حملہ ان کی سننے کی طاقت پر ہوا ہے۔ اکثر دل چوٹ کھا جاتا ہے جب ان کے نہ سننے پر سامنے والا شخص اپنی جھنجھلاہٹ کو کوشش کے باوجود دبا نہیں پاتا۔ سات آٹھ ماہ سے اوپر ہی ہو گئے ہوں گے۔ ونے کو اپنی پریشانی لکھ بھیجی تھی انہوں نے۔ جواب میں اس نے فون کھٹکا دیا۔ سننے کے آلے کے لئے وہ ان کے نام روپے بھیج رہا ہے۔ آشرم والوں کی مدد سے اپنا علاج کروالیں۔ بڑے دنوں تک وہ اپنے نام آنے والے روپے کا انتظار کرتے رہے۔ غصے میں آکر انہوں نے اسے ایک اور خط لکھا۔ جواب میں اس کا ایک اور فون آیا۔ ایک پیچیدہ کام میں الجھا ہوا تھا۔ اس لئے انہیں روپے نہیں بھیج پایا۔ اگلے ماہ ایک ہندوستانی دوست آرہے ہیں۔ گھر ان کا لاجپت نگر میں ہے۔ فون نمبر لکھ لیں ان کے گھر کا۔

ان کے ہاتھوں پونڈس بھیج رہا ہوں۔ روپے یا تو وہ خود آشرم آپہنچا جائیں گے یا کسی کے ہاتھوں بھیج دیں گے۔ نام ہے ان کا ڈاکٹر منیش کشواہا۔ ڈاکٹر منیش کشواہا کا فون آگیا۔

رامیشور نے اطلاع دی تو بے چینی سے فون سننے پہنچے۔ منیش کشواہا نے بڑی اپنائیت سے ان کا حال چال پوچھا۔ جاننا چاہا، کیا کیا تکلیفیں ہیں انہیں۔ شوگر کتنا ہے؟ بلڈ پریشر کے لئے کون سی گولی لے رہے ہیں؟ کتنی لے رہے ہیں؟ پیشاب میں یوریا کی جانچ کروائی؟ کروا لیں۔ کیوں اکیلے رہ رہے ہیں وہاں؟ ونے کے پاس لندن کیوں نہیں چلے جاتے؟ اس کی بیوی۔۔۔ یعنی ان کی بہو تو خود ڈاکٹر ہے۔۔۔! روپیوں کی کوئی بات ہی نہ شروع ہوئی ہو۔ جھجھکتے ہوئے انہوں نے خود ہی پوچھ لیا، "بیٹا، ونے نے تمہارے ہاتھوں علاج کے لئے کچھ روپے بھیجنے کو کہا تھا۔"

منیش۔ کو اچانک جیسے یاد آیا" کہا تو تھا ونے نے، آشرم کا فون نمبر لکھ لو، بابو.جی کو کچھ روپے بھجوانے ہیں۔۔۔ مگر میرے نکلنے تک۔۔۔ دراصل، مجھے ابھی انتہائی مصروفیت میں وقت نہیں ملا کہ میں انہیں یاد دلا دیتا۔۔۔" ونے کو خط لکھنے بیٹھے تو کانپنے والے ہاتھ غصے سے زیادہ کچھ زیادہ ہی تھرتھرانے لگے۔ حروف پڑھنے کے قابل ہو سکیں تبھی نہ اپنی بات کہہ سکیں گے! طے کیا۔ فون پر کھری کھوٹا سنا کر ہی چین لیں گے۔ فون پر ملی مارگریٹ۔ بولی، کہ وہ ان کی بات سمجھ نہیں پا رہی۔ ونے گھر پر نہیں ہے۔ مانچسٹر گیا ہوا ہے۔ مارگریٹ کے مکمل غیریت کے لہجے نے انہیں مایوس کر دیا۔ چھلنی ہو اٹھے۔ بہو کے ساتھ بات چیت اور سلوک کا کوئی طریقہ ہے یہ؟ فون تقریباً پٹک دیا انہوں نے۔ کچھ اور ہو نہیں سکتا تھا۔ غصہ میں وہ صرف ہندی بول پاتے ہیں یا پنجابی۔ مارگریٹ ان کی انگریزی نہیں سمجھتی تو ہندی، پنجابی کیسے سمجھے گی؟ پوتی سوینا سے باتیں نہ کر پانے کا ملال بھی انہیں کریدتا رہا۔ حالانکہ باتیں تو وہ اس گڑیا کی بھی نہیں سمجھتے۔

ڈھیلے کئے گئے مفلر میں ٹھنڈی ہوا سرسراتی دھنسی چلی آ رہی تھی۔ ڈھیٹ! نومبر کے آخر آخر کے دن ہیں۔ سردی کی آمد سبھی کو پسند ہے۔ انہیں بالکل نہیں۔ شام بلا

وقت سیندوری ہونے لگتی ہے۔ دھندلکا ڈگ نہیں بھرتا۔ چھلانگ بھر اندھیرے کی آستین میں ڈوب لیتا ہے۔ آشرم سے سیر کو نکلے نہیں کہ پلٹنے کی کھدبد مچنے لگتی۔ مفلر کس کر لپیٹا اور آگے بڑھے، تاکہ 'مدر ڈیری' تک رسائی کا معمول مکمل ہو لے۔ مکمل نہ ہونے سے بے قراری ہوتی ہے۔ کسی نے پکارا نہیں۔ کون پکارے گا؟ شبہ ہوا ہے۔ ایسے شبہات خوب ہونے لگے ہیں ادھر۔ اپنے علم میں دوائی کی گولیاں رکھتے ہیں پلنگ سے ملی تپائی پر، ملتی ہیں دھری تکئے پر!

آس پاس مڑ کر دیکھ لیا۔ نہ سڑک کے اس پار نہ اس پار ہی کوئی نظر آیا۔ ہو تب ہی نہ آئے! قدم بڑھا لیا انہوں نے۔ کب تک کھڑے رہیں؟ پہلے وہ چار پانچ لوگ جمع ہو کر شام کو ٹہلنے نکلتے۔ ایک ایک کر وہ تمام بستر سے لگ گئے۔ کوئی بیس روز پہلے تک ان کا روم پارٹنر کپور ساتھ آیا کرتا تھا۔ اچانک اس کے دونوں پاؤں میں میں فیل پا ہو گیا۔ ڈاکٹر ورما نے بستر سے اترنے کو منع کر دیا۔ کپور انہیں بھی سیانی ہدایت دے رہا تھا کہ ٹہلنے اکیلے نہ جایا کریں۔ ایک تو ساتھ صحبت میں سیر کا مزا ہی کچھ اور ہوتا ہے، اور پھر ایک دوسرے کا خیال بھی رکھتے چلتے ہیں۔ ساوتری بہن جی نہیں بتا رہی تھیں مسٹر چڈھا کا قصہ؟ راہ چلتے اٹیک آیا، وہیں ڈھیر ہو گئے۔ تین گھنٹے کے بعد جا کر کہیں خبر لگی۔ صحت کا خیال کرنا ہی ہے تو آشرم کے اندر اندر ہی آٹھ دس چکر مار لیا کریں۔

بوڑھی ہڈیوں کو بڑھاپا ہی ٹنگڑی مارتا ہے۔۔۔۔

کپور کا مشورہ ٹھیک لگ کر بھی عمل کرنے کے قابل نہیں لگا۔ انہیں ذیابیطس ہے۔ صرف گولیوں کے بل پر محاذ نہیں لیا جا سکتا اس آدم خور بیماری سے۔ روجو زندہ تھی تو انہیں کبھی اپنی فکر نہیں کرنی پڑی۔ نت نئے نسخے گھونٹ گھوٹ کر پلاتی رہتی۔ کریلے کا رس، میتھی کا پانی، جامن کی گٹھلی کی پھنکی۔۔۔ اور نہ جانے کیا کیا!

"یہ انکل۔۔۔ چاچا، ادھر پیچھے دیکھئے نا! کب سے بلا رہا ہوں۔۔۔ فینسنگ کے پیچھے ہوں میں۔" پیچھے ادھر آیئے۔۔۔ ادھر دیکھئے نا۔۔۔"فینسگ کے پیچھے سے اچکتا بچہ ان کی بے دھیانی پر جھجھلایا۔ ہکا بکا سے وہ دوبارہ ٹھٹھک کر پیچھے مڑے۔ اب صحیح ٹھکانے پر نظر ٹکی۔

"او تو پکار رہا ہے مجھے؟"فینسنگ کے اس پار سے بچے کے اچکتے چہرے نے انہیں یکبارگی مسرت سے بھر دیا۔

"کیوں بھئی، کس واسطے۔۔۔؟"

"میری گیند باہر چلی گئی ہے۔"

"کیسے؟" بچے کا لہجہ ان کے فضول سے سوال سے جھنجھلا اٹھا

"بالنگ کر رہا تھا۔"

"اچھا۔۔۔ تو باہر آکر خود کیوں نہیں ڈھونڈ لیتے اپنی گیند؟" بچے کا مطلب بھانپ کر وہ مسکرائے۔

"گیٹ میں تالا لگا ہوا ہے۔"

"تالا کھلوا لو ممی سے!"

"ممی نرسنگ ہوم گئی ہیں۔"

"نوکرانی تو ہوگی گھر میں کوئی؟"

"بدھو رام گاؤں گیا ہے۔ گھر پر میں اکیلا ہوں۔ ممی باہر سے بند کر کے چلی گئی ہیں۔" بچے کے بھولے چہرے پر لاچاری نے پنجا کسا۔

"ہو، اکیلے کھیل رہے ہو؟"

"اکیلے۔۔۔ ممی کسی بچے کے ساتھ کھیلنے نہیں دیتیں۔"

"بھلا وہ کیوں؟"

"مجھے بھی غصہ آتا ہے، بولتی ہیں بگڑ جاؤ گے۔ یہاں کے بچے جنگلی ہیں۔"

"بڑی غلط سوچ ہے۔ خیر۔۔۔ تمہیں نرسنگ ہوں ساتھ لے کر کیوں نہیں گئیں؟"

ماں کی بے وقوفی پر انہیں غصہ آیا۔ گھنٹے آدھ گھنٹے کی ہی بات تو تھی، بچے کو اس طرح اکیلا چھوڑتا ہے کوئی؟

"ممی گھنٹے بھر میں نہیں لوٹے گی انکل، رات کو نو بجے کے بعد لوٹے گی۔"

***

محبت کی داستان

ڈاکٹر انور سجاد

آسمان کی طرف جاتی سیڑھیاں، لاتعداد سیڑھیاں جن کے آخر میں عالیشان محل چمکتے سورج میں کلچرڈ موتی ہے

وہ کہ جس کے پھیپھڑے بانجھ ، شہر کے دھوئیں، سرطانی کھیتوں کی دھول سے ضیق النفس، جسکی زبان اور آنکھوں میں کتابوں کے چاٹے ہوئے کانٹے، وہ کہ جس کے جسم کی کھال اس کالباس ہے، سیڑھی پر پیر رکھ کر لمحہ بھر کے لئے موتی محل سے منعکس کرنوں کو دیکھتا ہے۔ کرنوں کے پردے واہوتے ہیں، ایک مرمریں ہاتھ اسے بلاتا ہے، وہ سیڑھیوں کو دودو چار کر کے پھلانگتا چڑھتا چلا جاتا ہے۔ لیکن وہ محل کی طرف بڑھتا جتنا فاصلہ طے کرتا ہے محل، موتی کی طرح، وقت کی گرفت سے پھسل کر اتنا ہی دور ہو جاتا ہے۔

وہ پسینے میں گُچ ہانپتا لرزتا لڑکھڑاتا گرنے ہی لگتا ہے کہ ساری کائنات اسکی نظروں میں جامد ہو جاتی ہے۔ وہ تیسری سیڑھی پر کھڑی ہے۔ مسکرا کے کہتی ہے

کیا ہوا خیر تو ہے ؟

وہ چونک کر دیکھتا ہے

اس نے موتی کے چھلکے کا کفتان پہنا ہے۔ اس کا جسم چمکتے سورج میں یوں لشکتا ہے

جیسے کلچر ڈموتی۔ زمین سے برآمدے کی سطح تیسری سیڑھی ہے جہاں وہ کھڑی ہے

وہ اپنی گردن میں اٹھتے درد کی لہر کو دانت بھینچ کر کچل دیتا ہے

کچھ نہیں

تو آؤ سوچ کیا رہے ہو؟

پیٹ کا سارا تیزاب اس کے حلق میں آ کے اٹک جاتا ہے۔ وہ اس کا ہاتھ تھامنے کے لیے اپنا ہاتھ بڑھاتا ہے۔ لڑکی اس کا ہاتھ پکڑ کر اسے اپنی طرف کھینچ لیتی ہے۔ اسکی گردن کی ہڈی میں درد کی لہر پھر اٹھتی، اس مرتبہ اس کے سر پر محیط ہو جاتی ہے جسے وہ کوشش کے باوجود دانتوں میں کچل نہیں پاتا۔

دونوں اس کمرے میں داخل ہوتے ہیں جہاں سورج کی سترنگی کرنیں یکجا ہو کر کلچر ڈموتی کا روپ دھارتی ہیں۔

کمرے کی ہر چیز موتیوں سے بنی ہے، سفید ٹھٹھری ہوئی، اس بلی کے سوا جس کا رنگ سیاہ ہے، جس کی گردن میں موتیوں کے ہار ہیں

کمرے کی ہر چیز موتیوں سے بنی ہے۔ سفید ٹھٹھری ہوئی۔

بلی سفید مخملیں صوفے پر بڑی تمکنت سے بیٹھی انہیں کمرے میں داخل ہوتا دیکھتی ہے

اور یا مینٹل پیس پر پڑا عورت کا وہ بت جس کا کوئی رنگ نہیں، کہ اس کے جسم پر کوئی پردہ نہیں، ساتوں پردے اس کے پیروں پر پڑے ہیں، ایک ہاتھ رقص کے انداز میں لہراتا فضا میں جامد ہو گیا ہے اور دوسرے ہاتھ نے مرد کے کٹے سر کو الجھے الجھے لمبے لمبے بالوں سے پکڑ رکھا ہے اور بڑی نخوت سے تمسخر بھری مسکراہٹ ہونٹوں پر لیے سر کو دیکھتی ہے۔

اس کی گردن کا درد جو ابھی چند لمحے پہلے اس کے سر کے گرد کلبوت بن گیا تھا۔ مینٹل پیس پر اس جگہ نظریں پڑتے ہی غائب ہو جاتا ہے جہاں وہ بت بڑا ہے جو اسے نظر نہیں آتا کہ اس بت کا کوئی رنگ نہیں۔

وہ لڑکی کو بے حد محبت بھری نظروں سے دیکھتا ہے لڑکی آنکھوں میں اتھاہ پیار لئے مسکراتی ہے۔ وہ وارفتگی سے اس کو سینے سے لگانے کے لئے اسے بازوؤں میں لینے کے لئے بڑھتا ہے۔ وہ اس کی باہوں میں آتی آتی یوں پھسل جاتی ہے جیسے وقت کی گرفت سے کلچرڈ موتی۔

صوفے پر بیٹھی سیاہ بلی بڑی تمکنت سے ایک ہلکی غرر کر کے پہلو بدل لیتی ہے

وہ ایک بار پھر پیٹ سے ابلتے تیزاب کو حلق میں دبا کے اپنی گردن سے ابھرتے درد کو دانتوں میں کچکچا دیتا ہے۔ اور ہانپتا، لرزتا لڑکھڑاتا کرسی پر بیٹھ جاتا ہے۔ لکھنے والی میز پر کہنیاں ٹکا کے سر ہاتھوں میں تھام لیتا ہے۔ لڑکی ہستی ہوئی اس کے سامنے بیٹھ جاتی ہے۔

میز پر انتہائی خوبصورت کلچرڈ موتیوں کے چھلکے سے بنے کاغذ کا رائٹنگ پیڈ ہے کلچرڈ موتیوں سے بنے کاغذ کاٹنے کا چاقو، قلم دان جس کی دواتوں میں سرخ اور سیاہ روشنائی ہے۔ لڑکی اس کو یوں ہاتھوں میں سر تھامے میں دیکھ کر کاغذ کاٹنے والا چاقو اٹھا کر اس سے کھیلنے لگتی ہے۔

سیاہ بلی آنکھیں موند لیتی ہے

تمہیں مجھ سے محبت نہیں ہے؟

وہ اسی طرح سر تھامے اس سے پوچھتا ہے

ہے ہی بہت ہے

تو۔۔۔تو پھر تم۔۔۔تم کیوں؟

وہ اپنے ہاتھوں کے پیالے سے سر اٹھاتا ہے۔ اس کی نظریں مرمریں ہاتھوں میں تیز دھار چاقو پر پڑتی ہیں۔ وہ ایکدم ہاتھ بڑھا کر چاقو چھین لیتا ہے۔ انگوٹھے سے چاقو کی دھار کو پرکھتا ہے اور پھر ماہر سرجن کی طرح اپنے سینے پر اس جگہ چاک دیتا ہے جہاں اس کا دل ہے۔

اسی لمحے سیاہ بلی بہت احتیاط سے جیسے موتیوں کے ہاروں کو سنبھالتی صوفے سے اترتی ہے اور ان کی میز کے گرد ایک بار چکر لگا کر لڑکی کے پاس فرش پر بیٹھ جاتی ہے۔

وہ سینے کے چاک کو وا کر کے خلا میں ہاتھ ڈالتا ہے اور اپنا دل نکال کر کلچرڈ موتی سے بنی میز کی سطح پر رکھ دیتا ہے۔

یہ لو

لڑکی کا منہ حیرت سے کھلا رہ جاتا ہے

سیہ بلی وہیں لڑکی کے قدموں میں بیٹھی جیسے کسی خواب سے چونکتی ہے

وہ موتی کے چھلکوں سے بنے کاغذوں کے پیڈ کو لڑکی کے سامنے سرکا دیتا ہے قلمدان سے قلم اٹھاتا ہے اور لڑکی کے ہاتھ میں تھما دیتا ہے

یہ تمہارے موتیوں سے بنے قلمدان کا قلم ہے اور یہ ہے میرا دل۔ موتی کے چھلکے پر اس کی شبیہ بناؤ۔ رنگ کا انتخاب تم پر چھوڑتا ہوں

لڑکی حیران پریشان میز پر پڑے سرخ سرخ دھڑکتے دل کو غور سے دیکھتی ہے پھر کانپتے ہاتھوں سے قلم تھام کر سیاہی میں ڈبو کر موتی کے چھلکے کاغذ پر اس کے دل کی شبیہ بنانے لگتی ہے

چند لمحوں بعد کاغذ پر لڑکی کا قلم بڑی تیزی سے چلنے لگتا ہے اور اس کی زبان پیاسے

جانور کی طرح لٹکنے لگتی ہے۔ وہ اس لڑکی کے پیروں میں بیٹھی سیاہ بلی کو دیکھتا ہے، بڑے محبت بھرے لہجے میں لڑکی سے کہتا ہے

اتنی جلدی کی ضرورت نہیں۔ اطمینان سے بناو۔ میں جاؤں گا نہیں

جانے کتنے لمحے، کتنی صدیاں بیت جاتی ہیں

بالآخر لڑکی دل کی شبیہ مکمل کر لیتی ہے، ہو بہو اسکا دل لیکن سرخ کی بجائے سیاہ۔

وہ کلچرڈ موتی کے چھلکے پر بنا سیاہ دل اٹھا لیتا ہے اور اسے دل ہی کی شکل دے کر سینے کے اندر خلا میں اس جگہ رکھ لیتا ہے جہاں سے اس نے اپنا دل نکالا تھا۔

لڑکی میز کے دراز سے سٹیپلر نکالتی ہے۔ بڑی محبت سے اس کے سینے کے چاک کے کناروں کو جوڑتی ہے اور اتنی مہارت سے سٹیپلر کی پنیں لگاتی ہے کہ زخم مندمل ہونے پر کوئی نہیں جان سکتا کہ یہاں چاک تھا۔

اسٹیپلر واپس دراز میں رکھتے ہوئے اس لڑکی کی نظریں میز پر پڑے دل پر پڑتی ہیں جو جانے کتنے لمحے کتنی صدیاں اس کا ماڈل بنا رہا ہے۔ دل سے نگاہیں اٹھا کر وہ اسے سوالیہ نظروں سے پوچھتی ہے، اسے کیا کرنا ہے؟

اسے بلی کے لئے رہنے دو

تب وہ لڑکی اٹھ کر بے حد محبت سے اس کا ہاتھ تھام لیتی ہے۔ وہ اسکی نگاہوں سے مسحور اٹھتا ہے۔ وہ اس کی گردن میں بازو حمائل کر دیتی ہے جہاں یوں لگتا ہے جیسے کبھی درد نہ تھا۔

وہ اسی طرح، جیسے نیند میں ہو، اس کے ساتھ چل دیتا ہے وہ اسے اپنی خوابگاہ میں لے جاتی ہے جہاں نرم نرم جھاگ کا بستر حجلہ عروسی بنا ہے۔

خواب گاہ کو جاتے ہوئے اسکی مسحور نظریں سیاہ بلی کو نہیں دیکھتیں جس نے اب

تمکنت کا چولا اتار پھینکا ہے اور میز پر چڑھی خونخوار درندے کی طرح میز پر پڑے دل کو اپنے پنجوں میں لیے بہت بے دردی کے ساتھ اپنے تیز دانتوں سے نوچتی ہے اور نہ ہی اسکی مسحور آنکھیں اس عورت کے بت کو دیکھتی ہیں جس کے جسم کے ساتوں پردے اس کے پیروں میں پڑے ہیں جس کا ایک ہاتھ رقص کے انداز میں لہراتا فضا میں جامد ہو گیا ہے اور جس کے دوسرے ہاتھ نے مرد کے کٹے ہوئے سر کو الجھے ہوئے لمبے لمبے بالوں سے تھام رکھا ہے۔

چمکتے سورج میں کلچرڈ موتی کی طرح لشکتے عالیشان محل سے زمین کی طرف اترتی سیڑھیوں، لاتعداد سیڑھیوں کے آخر میں کروڑ ہالوگوں کا ہجوم، جن کے پھیپھڑے بانجھ شہر کے دھوئیں، سرطانی کھیتوں کی دھول سے ضیق النفس، جن کی زبانوں، آنکھوں اور کانوں میں کتابوں سے چاٹے گئے لفظوں کے کانٹے، جن کی کھالیں، جن کا لباس ہیں، اپنے اپنے سروں کو اپنے اپنے ہاتھوں کی طشتریوں میں اٹھائے اس کے حوالے سے اپنے نئے جسم کے منتظر ہیں کہ جس کے دھڑکتے دل کو کلچرڈ موتی محل میں سیاہ بلی کھا چکی ہے۔

***

ترقی پسند تحریک کے دور کا فکشن

کچے دھاگے (افسانے)

مصنفہ : عصمت چغتائی

بین الاقوامی ایڈیشن منظر عام پر آچکا ہے